ファン文庫

万国菓子舗　お気に召すまま

秘めた真珠と闇を照らす光の砂糖菓子

著　溝口智子

Contents

登場人物

Characters

村《むら》崎《さき》荘《そう》介《すけ》

『万国菓子舗《ばんこくかしほ》　お気に召すまま』店主（サボり癖あり）。
洋菓子から和菓子、果ては宇宙食まで、
世界中のお菓子を作りだす腕の持ち主。
ドイツ人の曾《そう》祖父譲りの顔だちにも、ファン多し。

斉《さい》藤《とう》久《く》美《み》

『お気に召すまま』の接客・経理・事務担当兼〝試食係〟。
子どもの頃から『お気に召すまま』のお菓子に憧れ、
高校卒業後、バイトとなった。明るく元気なムードメーカー。

安《あん》西《ざい》由《ゆ》岐《き》絵《え》

八百屋『由辰《よしたつ》』の女将であり、荘介の幼馴染み。
女手一つで店を切り盛りし、目利きと値切りの腕は超一級。

班《まだら》目《め》太《た》一《いち》郎《ろう》

フード系ライター。荘介の高校の同級生。『お気に召すまま』の
裏口から出入りし、久美によく怒られている。

藤《ふじ》峰《みね》透《とおる》

久美の高校時代の同級生。大学で仏教学を専攻。
星野陽《ほしのよう》という恋人にベタ惚れして、いつも久美にのろけている。

International Confectionery Shop

Satoko Mizokuchi

万国菓子舗お気に召すまま

秘めた真珠と闇を照らす光の砂糖菓子

溝口智子

哀愁のガレット

シャルル・ド・ゴール空港は霧雨《きりさめ》に濡れていた。いかにもパリの秋空らしい、どんよりした雨雲と同じように、ガラス越しに見える飛行機の翼も薄暗い灰色に見える。尚也《なおや》は憂鬱な気持ちに拍車がかかって、うんざりとため息をついた。

隣に座っている麻衣《まい》が顔を背ける。どんな顔をしているのか見えなくなったが、どんなことを考えているかはわかっている。

よりによって、別れが迫ったこんなときに、麻衣の気持ちがよくわかるようになるなんて、皮肉どころの話じゃない。これなら、なに一つ、わからない方がましだった。

フランス語でなにかのアナウンスが流れた。麻衣がすっと席を立つ。フランス語などひと言もわからないはずなのに、どうやって察したのかわからない。

だが、フランス語に続いて発された英語のアナウンスによると、たしかに搭乗口の変更を知らせていた。

尚也は立ち上がり、重いトランクをぶら下げて麻衣のあとについていく。

旅慣れているかのように、麻衣の手荷物は小さなショルダーバッグだけ。

尚也の知るところ、麻衣が旅行に行ったのは学生時代の修学旅行と家族での帰省くらいのはずだ。しかし今回の旅行の最中、ずっと旅を先導していたのは麻衣だった。

尚也は海外出張も多い。だが、元来の取り散らかした性格のせいで、計画的な旅程を組み立てたり、的確なパッキングをしたり、スマートに入国審査場を通ったりすることが苦手だった。

行程中のすべての手配を麻衣に頼ってしまっていた。麻衣は尚也のゼミの元教え子ではあるが、秘書ではないのに。

これではいけないと、パリについてからは、なじみのある場所にばかり麻衣を案内した。とはいっても、尚也が知っている場所は学会で訪れる会議場くらいで、見て歩くのに半日もかからなかった。

そこからメトロで行けるシャンゼリゼ通りやルーブル美術館などでは、やはり麻衣が先に立って歩いた。

情けないぞ、俺。

尚也はそう思い、麻衣をあっと言わせるべく知恵を絞った。

そして、それを激しく後悔する羽目になったのだった。

「荘介《そうすけ》さん、なにか大きな荷物が届きましたよ」

「やっと届きましたか！」

厨房からいそいそと出てきた荘介は、店舗入り口にドーンと置かれた段ボール箱に飛びつかんばかりの勢いで近づいた。段ボール箱は小柄な久美《くみ》では抱えるのが難しそうな大きさだ。

「ずいぶん重そうですけど、中身はなんですか？」

荘介は満面の笑みで振り返る。

「グラナ・パダーノです」

「ぐらなぱだーの。食材ですか？」

久美が首をかしげる。肩で切り揃えた彼女の髪がさらりと広がった。

「そうです。イタリア産のチーズです。ヨーロッパのEUが定めた制度で、食料品の原産地保護のために、その地方で作ったものだけが名のっていい名前というのがあるのですが、グラナ・パダーノもその一つです」

滔々《とうとう》と早口で説明しながら、梱包をバリバリと開けていく。

中から出てきたのは巨大なチーズだ。久美が抱きついたとしたら、腕がちょうど回るかどうかというくらい大きい。

「うわ……、車のタイヤみたいなチーズですね」

「まさに、そのとおりですね。これを真ん中から削って使っていきますので、タイヤのように穴が開いていきますよ」

久美が、おそるおそる尋ねた。

「もしかして、イタリアから直輸入ですか？」

「まさかまさか。日本の輸入食材商から買いましたよ」

「もしかして、ものすごくお高いですか？」

「まさかまさか」

「…………」

「…………」

かなり長い間、久美は待った。しかし荘介は値段を口にしようとしない。

「お高いんですね？」

荘介はその端正な顔に、マダムキラーとして名高い微笑を浮かべて、じっと佇んでいる。そんなものは見飽きている久美は、冷徹な目で荘介を見据える。

「荘介さん？」

大きく息を吸い、大きくはいてから、荘介はそっと口を開いた。

「……お高いです」

「いくらしたんですか？」

「言ったら怒りませんか？」

「怒ります」

少しでも久美の怒りを抑えられるかと、荘介はギリシャ彫刻のように美しい顔に、人好きのする笑みを浮かべる。

「諭吉《ゆきち》さんが十人ほど」

久美は、荘介の笑みに負けないほどのかわいらしい笑顔を浮かべてみせた。

「そういうものを買うときは相談してくださいって言ってるでしょう！」

その笑顔から出てきたとは思えない迫力のある怒声に、荘介は首をすくめた。


斉藤《さいとう》久美は、この店『万国菓子舗《ばんこくかしほ》 お気に召すまま』の経理も事務も売り子も担当する優秀な人材だ。彼女がいなければ『お気に召すまま』は三日で潰れてしまうと常連は口を揃えて言う。

荘介もその自覚はあるのだが、あるからこそ頼みにしすぎて、久美には内緒で高級食材を仕入れたりする。

村崎《むらさき》荘介は一応、店長なのだが、昼間はサボって店にいないし、採算度外視でお菓子を作ろうとするしで、久美は監視の目を緩めることができない。

この店は福岡《ふくおか》市の繁華街・天神《てんじん》から電車で十分程度のところにある老舗の菓子店だ。荘介の祖父であるドイツ人の先代は『お気に召すまま』という名のドイツ菓子専門店として経営していたのだが、荘介の代になって『万国菓子舗』の冠がついた。

万国と名のる故、荘介はパティシエと呼ばれることを嫌う。

その名のとおり、和菓子、ドイツ菓子、中華菓子、アメリカ、アフリカ、ヨーロッパ、どんな国のどんなお菓子も美味しく作りだしてみせる。

客が望みさえすれば、記憶の中にしか存在しなくなってしまった懐かしいお菓子でも、夢の中に出てきたお菓子でさえも必ず作ることをモットーとしている。

だから荘介は、自分はどの国にも属さない〝菓子職人〟であると自認しているのだ。

グラナ・パダーノが店先から厨房に運び込まれ、調理台のかなりのスペースを占拠しているのを、久美が厳しい顔で見下ろす。

「……でっかい」

「うん、でっかいね」

荘介は久美の怒りを少しでもなだめようと、大人しくつき従っている。小柄な久美の後ろに背が高い荘介が縮こまって立っている姿は愉快でもある。

「そもそも、このサイズのチーズをどうやって保管するんですか」

「それはまあ、冷蔵庫で」

久美はちらりと冷蔵庫に目をやる。『お気に召すまま』は小さな店だ。業務用といえど、冷蔵庫もそう大きくはない。

「入りそうもないですが」

「そんなことないですよ」

荘介は冷蔵庫の扉を開けてみせる。

「空っぽ……！」

久美が目を丸くする。

「ここ何日か、いつもより多めにお菓子を出していたのは、まさか、在庫を消費するためですか？」

久美の声が一段と低くなった。荘介はイエスともノーともつかない顔で曖昧《あいまい》に微笑むと、静かに冷蔵庫の扉を閉めた。久美の眉間に深いしわが寄る。

「在庫がなくて、どうするんですか？　明日はお店をお休みにするんですか？」

「材料は買いますよ」

「買ってどこに保管するんですか？」

「それは冷蔵庫に……」

「入らないでしょう」

荘介はお菓子のことになると、目の前のことも見えなくなることが多い。そのたび、久美に叱られるのだが、身に染みてはいないようだ。

「……しばらく、和菓子デーにします。材料は常温保存のものばかりですから」

「チーズはどうするんですか？」

「チーズケーキは出します。材料はその日に買って、その日に使い切ります」

久美は渋々ながら引き下がった。店に出すお菓子を決めるのは店長の荘介なのだから、真面目に考えてくれるなら口を挟む必要はない。

眉間にしわが寄ったままの久美を見て、荘介が言った。

「本当に反省してますってば」

反省しているのは本当だろうが、いつもどおりの気楽な口調はまた同じことをやるというサインだと久美は知っている。

鼻歌まじりにチーズを冷蔵庫にしまっている荘介の後ろ姿を見ながら、やはり監視は必要だと久美は気を引き締めた。

荘介の気分でその日のお菓子のラインナップがころころ変わる『お気に召すまま』のドアには、種々さまざまな張り紙が貼られる。

手積みのヨモギを使った『草もちまつり』だったり、荘介が張り切って作りすぎたせいで『お彼岸の落雁《らくがん》大セール』を開催したり、いつもは粉砂糖でこぶたの顔を描くのに、足跡だけに変えた『プリンのこぶた失踪事件』などというものもあった。

その中で、『ドイツ菓子デー』の次に多いのが、『和菓子デー』の張り紙だ。

久美は毎度毎度、紙を無駄にするのもどうかと思って、百円均一ショップで仕入れてきた材料でドア掛け用のミニ看板を作った。

小枝を束ねて枠を作った額縁に麻布を張って、ちりめんの布を文字の形に『わがしデー』と切って貼っている。なかなかかわいらしくできているし、洋なのか和なのか不明なところが『万国菓子舗』らしくていいと自画自賛していた。

チーズが届いた翌日から毎日、店のドアに『わがしデー』の看板を掲げ続け、一週間がたった。

チーズの方は、香りの相性がいい洋ナシとグラナ・パダーノを使ったチーズケーキがなかなかの好評で、毎日ちゃんと売り切れた。その一品だけでなく、粉にしたグラナ・パダーノをかけて焼いたベイクドチーズケーキや、グラナ・パダーノの粒感を活かしてバニラムースに混ぜ込んだものなどが日替わりで並び、毎日買いにきてくれる客もいた。

しかし、ハードタイプのチーズであるグラナ・パダーノは中央から削り取って使っていくため、どれだけ減っても外側の骨格はなくならない。

重量は目減りするけれど、いくら使っても冷蔵庫を占領する面積は当然、小さくはならない。依然としてドーンと居座っている。

小さく切り分けてしまえばいいのにと久美は思うのだが、きっと大きなままで使った方が美味しいとか、なにか理由があるのだろう。

材料の仕入れや値段については経理を担当する久美の意見を取りいれるが、厨房にやって来た食材は荘介の管轄だ。荘介の仕事について、久美は全幅の信頼を置いている。

荘介が夢中になりすぎて周りが見えなくなっているとき以外は、口を挟まない。

二人で分担することで『お気に召すまま』の仕事は、良いバランスを保っていると言えた。

カランカランというドアベルの音に、顔をそちらに向けると、ドアを開けた中年の男性がそのままの姿勢でドアに掛けた『わがしデー』の看板をじっと見つめていた。

「いらっしゃいませ……？」

思わず疑問形のイントネーションで久美が声をかけると、男性はチラッとだけ久美に目をやって、もう一度看板を見つめ直した。看板の制作者としては、なにか不備があるのではないかと気が気ではない。

かわいくなかっただろうか？

「今日は、和菓子デーなんですか？」

看板を見つめたまま、男性客が尋ねた。久美は看板の外観に問題があったわけではないとわかり、ほっと胸を撫でおろした。

「しばらくは和菓子デーが続きますが、ご注文をいただければ、他のお菓子もうけたまわります」

「注文をすればなんでも作ってもらえるというのは、本当ですか？」

「はい！　それが当店のモットーですので」

満面に笑みを浮かべた久美を、男性はけげんな表情で見つめた。

久美は、はしゃぎすぎたかと、表情を引き締めて背筋を伸ばした。そうしていても、ショーケースの裏側に立っていると、客からは小柄な久美の胸から上くらいしか見えてはいない。

イートインスペースの二卓のテーブルと四脚の椅子を数えるように、男性は小刻みに首を動かした。日あたりの良い窓際でどっしりした樫材の年代もののテーブルと椅子は客待ち顔だ。

男性はドアに手をかけたまま、久美から目をそらしたままで尋ねた。

「ガレットをあそこの席で食べることはできますか？」

「はい、大丈夫です。……あ」

久美はぱたぱたと厨房を覗きにいった。案の定、荘介の姿はない。荘介は朝一番にお店にお菓子を並べ終えると、店を抜けだしてどこかへ行ってしまうのが日課だ。そのため店のお菓子は売り切りで追加が出ることはない。久美は小言は言うが、半分、諦めてもいる。

「すみません、本日はちょっと店長が留守で……」

男性は初めてしっかりと久美に顔を向けた。

丸顔で、なんだかやんちゃ坊主がそのままおじさんになったかのような印象を与える人だ。だが、その表情は今はどんよりと曇っている。

「ああ、いや。今日じゃない方がいいんです。食べさせたい人がいて」

久美は男性の言葉を遮ることがないように、そっとショーケースの裏の定位置に戻っていく。男性はまた、ぐるりと店を見渡した。歴史を感じさせる建物だ。

ピカピカに磨かれたショーケースには『和菓子デー』の名のとおり、豆大福や羊羹《ようかん》、練り切りといったおなじみの和菓子が並び、それ以外にはチーズケーキが一種類だけぽつりと寂しそうにしている。

壁に作りつけられた焼き菓子の棚にはかろうじてドイツ菓子が並んでいるが、こちらも、あられや落雁などの和菓子勢力に押されつつある。

先代まではドイツ菓子専門だった店内は瀟洒《しょうしゃ》な作りで、古風ではあるが古臭さは感じない。床も柱も木材が年を経て、深い色合いに変わっている。

「このお店は古いんですか？」

「はい。大正時代の創業です」

男性は「いい感じだ」と言って深く頷いた。

「予約をしてもいいですか？　日時はまだはっきり決まってないんだけど」

「はい、おうかがいします」

久美はにこりと笑って予約票を男性に差しだした。

男性は予約品の欄に『オーソドックスなガレット』、日付は空白、氏名は国木《くにき》尚也と必要事項を書き込んでいった。

久美が店の名刺を手渡すと、日時を決めたら連絡すると言い置いて帰っていった。

夕暮れ時に荘介が放浪の旅から帰郷した。予約票を見せると、荘介は眉根を寄せて首をかしげた。

「オーソドックスなガレット？」

「そんなに難しい注文でした？」

心配そうな久美の様子を見た荘介は安心させようとして、くつろいだ雰囲気を作ってみせた。

「いえ、ガレットはそれほど難しくありませんよ。オーソドックスなもの、と言われるなら、メニューもだいたい決まってきます。ただ、オーソドックスなガレットなら、駅の向こう側に専門店がありますよね」

「あ、そうですね。有名なお店じゃないですか。雑誌とかにものってますもんね。ご存じなかったんでしょうか」

荘介はまた首をかしげた。

「どうだろう。うちの店のことを知っているなら、よっぽど大橋《おおはし》駅近辺には詳しいんじゃないかな」

「その言い方だと、まるでうちが、よっぽど無名みたいに聞こえるんですけど」

荘介はちょっと考えてから「そういう見方もできますね」と答えた。本当に自分の店が無名だと認めているのかと久美は問い詰めようかとも思ったが、やめておいた。

荘介にとって店が有名になるかどうかなど、取るに足らないことなのだ。荘介はいつだって、食べてくれる人が美味しいと言ってくれるお菓子が作れれば、それでいい。

だが最近、やっと少しは「世界中の人に荘介のお菓子を食べさせたい！」という野望を持つ久美の気持ちを汲んでくれたようだ。

放浪の途中で宣伝活動を行っているようで、荘介から聞いたと言って店を訪れる客が増えた。

久美は自分の意見も経営方針の中に組み込まれ、やる気が増しているこの頃だ。荘介はそんな気持ちに気づいているのかどうか、相変わらずのんびりしているが。

その、のんびりした口調で荘介が言う。

「路地裏の古い店舗がお気に召したのでしょうか」

久美は呆れたようにため息をついた。

「荘介さん、ものには言いようというものがあります。隠れ家的なレトロなお菓子屋さん、とかなんとか」

荘介はパッと目を輝かせる。

「それはいいキャッチコピーですね。雑誌に広告をのせるときには使いましょう」

久美は驚いて目を丸くする。

「広告を出すんですか？」

「出さないね」

嬉しそうに笑っているところを見ると、荘介は久美をからかっていたのだろう。だがそんなことにも腹を立てることは少なくなった。

大人になったなと自分で自分を褒めてやって、久美は適当に流しておくことにした。

「広告費は高くつきそうだから、助かります」

冷静な対応に荘介は感心した様子だ。

「久美さんは最近、気が長くなりましたね」

「私も成長してますから」

荘介はにっこりと「すてきですね」と褒める。ストレートな褒め言葉に、久美は照れてしまって顔を伏せた。

「さて。ガレットの試作用に、食材を買い出しに行ってきます」

「あ、はい。いってらっしゃい」

顔を上げられないまま、上目遣いでちらりと見る久美に荘介は優しく微笑むと、秋の夕日が長い影を伸ばす町へと出かけていった。


閉店間際に戻った荘介が買ってきたのは卵とバター、ハムだけだった。だが、それを見た久美が目を瞠《みは》る。

「荘介さん、もしかして、伝統的なガレットって、お菓子じゃないんですか?」

久美のあまりの驚きように、なにをそんなにと荘介はきょとんとする。

「ガレットはフランスのブルターニュ地方で食べられる、そば粉を使った生地を焼いたものです。具はさまざまで、最近は甘いものも増えましたが、もともとは食事系統のものだったんだよ」

「そんな! 荘介さん、お料理は全然できないのに! 私、大変な注文を受けちゃったんですね……。焦がしたり、生焼けだったり、素材の良さを殺したりしたガレットをお客様には食べさせられないですよ」

泣きそうな久美に荘介は、やや傷ついたようで肩を落として答える。

「そこまで言わなくても……。僕だって目玉焼きくらいなら作れます」

荘介はお菓子作りの腕はピカ一だが、なぜか料理はからきしだめなのだ。久美がおののきながら尋ねる。

「目玉焼き入りが、伝統のメニューなんですか？」

しょんぼりしたまま、荘介はガレットの試作の準備を始めた。

「そば粉で作った薄い生地に卵とハムとチーズをのせた、ガレット・コンプレットというメニューがオーソドックスだね。僕だって目玉焼きくらいなら作れるんですよ」

もう一度、料理ができるとうったえてみたが、久美は荘介が聞いてほしかったところとは違うところに反応した。

「そばってヨーロッパでも食べられてるんですか」

いつもそばボーロに使っているそば粉を準備しながら、荘介はますます、しょんぼりとして答える。

「世界で広く食べられているものですよ。原産は中国南部という説が今のところ有力だそうです。ヨーロッパでそば料理といえば、もともと、おかゆのように煮込んで食べるか、団子状にして食べていたそうです。日本でも大昔はそれが主流でした」

蘊蓄《うんちく》を披露することで少しは元気を取り戻すようで、動きが快活になってきた。

「そのおかゆを鉄板で焼くようになったのがガレットの始まりだという話だね。そういう由来があるので、食事のメニューとされることの方が多いんだよ」

ボウルに入れたそば粉に冷たい水を少しずつ注いでよく溶いて、塩を加える。

そのボウルにラップをかけた。

「生地を寝かせるんですか？」

「はい。発酵させるんですよ。過発酵にならないように冷たい水を使いました。同じ理由で、冷蔵庫で保管します」

「冷蔵庫？」

「はい」

「入らないんじゃないですか？　チーズのせいで」

荘介は得意げに、ふっと笑う。

「入れてみせましょう」

冷蔵庫から巨大なチーズを取りだすと、かけてあるラップとワックスペーパーをとってみせた。グラナ・パダーノの中央部はクレーターのようにポコリと丸く穴が開いていた。かなり深い。

「えー、もうこんなに使ってたんですか」

「チーズケーキばかり作っていたからね。こんなに思いっきりチーズを使えることはめったにないから楽しいよ。同じチーズでどこまで違うケーキにできるか試せたのも有意義だったし」

丸い穴の中に隙間なくワックスペーパーを敷いて、生地が入っているボウルを入れた。それでもまだ隙間があり、そこにはハムと、よく拭いた卵を詰め込み、チーズ全体をワックスペーパーでぴっちりと包み、ラップでくるんだ。

冷蔵庫にチーズを戻して、バターは小分けして冷凍庫に入れた。

「はい、かたづけ終了。グラナ・パダーノがあっても、なんとかなるでしょう。だからまた買っても……」

久美は冷たい視線を向けて、荘介の言葉を止めた。

「収納の問題より、金額の方が大問題なので、常備するのはやめてください」

「はい……」

寂しそうに俯く荘介を見ても、久美は目力を弱めなかった。ここで譲歩してしまっては、今度はなにを買い込むかわからない。荘介がお菓子作りで暴走するのを止められるのは、久美ただ一人だけなのだ。

これからも油断なく無駄遣いをチェックするぞ。

久美は気合を入れ直して、店舗のかたづけに戻っていった。

＊＊＊

尚也は電話をかけようとした手を止めて、考え込んでいた。もう一時間も同じような姿勢で自宅のソファに座り続けている。

もしかしたら、麻衣は電話に出てくれないかもしれない。麻衣は今忙しいかもしれない。そうだ、メールにしよう。

そう思うのだが、もし受信拒否などされていたらどうしようと思うと、なかなか手が動かない。

「もう私のことは忘れてください」

フランスでそう言った麻衣の言葉が頭の中で繰り返される。

自分がこんなにみじめな思いをすることになるなんて、考えたこともなかった。尚也はいつでも麻衣のことを守ってやれる人間なのだと思っていた。

引っ込み思案な麻衣を外へ引っ張りだして、いろいろなことを教えてやるのが楽しくてしかたなかった。

麻衣は素直だ。尚也が教えることにはなんでも驚いて、喜んでくれた。だから、つい調子にのって、からかうこともあった。

でも、悪気はなかったのだ。

「私、尚也さんの言葉に、いつも傷ついていたの」

そんなこと急に言われたって困る。いつも平気そうに笑っていたではないか。ずっと楽しそうだった。そう見えたんだから、しかたないじゃないか。

嫌だったなら、どうして早く言ってくれなかったんだ。どうして。

「俺とは話すらしたくなかったのか？」

ふと口から洩《も》れた言葉を慌てて否定する。まさか、麻衣がそんなことを思うわけがない。俺たちはうまくいっていたんだ。

そうだ、うまくいっていた。

フランスへ旅行に行くまでは……。

勢いよく立ち上がると、窓辺に寄って外をにらみつけた。遠い空に空港から飛び立ったばかりの飛行機が見えた。飛行機になんか乗らなければよかったんだ。フランスへなんか行かなければ。

そうだ、フランスっていう土地のせいだ。麻衣がまったく見知らぬ土地で緊張していたから、うまくいかなかっただけだ。今なら話せばわかってもらえるだろう。

尚也は着信履歴から麻衣に電話をかけようとしたが、麻衣からかかってきた電話がここ一か月なかったことに気づいた。

しかたなく、発信履歴からかける。発信の履歴は二日に一回はある。

「…………」

電話はすぐにつながった。けれど、無言でなにも聞こえない。

「もしもし、麻衣？」

尚也は耳をすませてみたが、呼吸の音すら聞こえない。電話の向こうに麻衣はいないのではないかとも思うのだが、そこに麻衣の気配を確かに感じて、尚也は勝手に話を始めた。

「どうしてる？　今、話せるか？」

返事はない。しかし、麻衣は電話の向こうで聞いているのだということを、先ほどよりも強く感じた。

「あのな、ガレットを食べに行かないか？　美味しいって評判の店を見つけたんだよ」

しばらく、返事を待つが、声は聞こえない。

「今度は本当に美味いはずだから。本場にも負けない味だと思うし、それに麻衣が好きそうな古い店がまえなんだ」

　返事はない。

「なあ、そろそろ機嫌を直してくれないか。俺が悪かったよ、だから……」

「いつ？」

　やっと返ってきた麻衣からの返事は短く、声は今まで聞いたことがないほどに硬く暗かった。

「えぇっと……、今度の土曜日は？」

「わかりました」

　それだけ言うと、電話は麻衣の方から切れた。そんなことは初めてだった。いつもなら尚也が話し終えて、尚也から電話を切っていた。麻衣はいつも最後まで電話を切らずに待っていたから。

　たったそれだけのことだが、尚也はやっと、とてつもなく大切なことだったのだと、理解することができた。

　電話を切らずに待っていてくれること。それをあたり前だと思っていた自分に、今は殴ってやりたいくらい腹が立っていた。

　今度の土曜日だ。

その日、麻衣は待っていてくれる。いつもの時間、いつもの場所で。いつものとおりの笑顔を浮かべて。だから、大丈夫。大丈夫だ。

尚也はいつの間にか、ぎゅっと固く握りしめていたこぶしを額にあてて、ため息をついた。

＊＊＊

尚也からの予約時間決定の電話を受けて、久美は予約ノートを確認した。お菓子の予約はなにも入っていない。荘介がイートインに専念しても大丈夫だ。

「はい、大丈夫です。ご予約、うけたまわります」

電話の向こうから、久美の明るい声をかき消すような暗い声が返ってくる。

「じゃあ、お願いします」

そう言って、しかし電話はなかなか切れない。どうやら、久美の様子をうかがっているらしい気配がする。

「国木様？　どうかなさいましたか？」

「いや、ああ、えぇっと……、悪いんですが、そちらから切ってもらえますか」

「あ、はい。かしこまりました。それでは失礼します……」

久美は、そうっと受話器を置いた。接客マナーとして、客が切るまでこちらは電話を切らないということを実践している身としては、少々切りにくかったのだが、客からの要望なのだから問題はないはずだ。

それでもなんとなく腑に落ちず、誰かに聞いてもらいたいなと、厨房を覗いた。

「あ、荘介さん！　いたんですか！」

心底から驚いた様子の久美に、荘介はわざと悲しそうな顔をしてみせた。

「久美さんは、僕がいたら邪魔なんですね……」

「え、や、そういう意味じゃないです！　違います！　いてください！」

慌てて両手を振り回す久美を見ても、荘介は表情を変えず、両手で顔を覆って泣きまねまで始めた。

「いつも僕がいない間に自由気ままに過ごしているんですね。お菓子のつまみ食いなんかしながら」

「あら、ばれました？」

荘介は驚いて、「え」と言って泣きまねをやめた。

「してるんですか？　つまみ食い」

久美は、うふふふと意味深に笑ってみせる。

「してるかもしれませんよ」

「だからか」

久美が目をぱちくりと瞬く。

「だからって、なにがですか？」

「最近、久美さんの頬が丸くなったな、と」

「嘘！」

久美はダッと洗面台に駆け寄って鏡を覗いた。丸いと言われれば丸い顔だが、以前より丸さが増したかどうかはわからない。毎日見ている顔だ。少しずつの変化なら見逃すだろう。

自分の頬をさすってみるが、お肉はむにむにとしていて、もしかしたら丸くなったのかもしれないとも思われた。

「嘘です」

久美の肩越しに鏡を覗き込んで荘介はさらっと言った。久美は鏡越しに荘介をにらむ。

「どうしていっつも、そういう、どうでもいい嘘をつくんですか！」

「面白いからです」

久美は「キーッ」とでも言いそうな悔しそうな表情で、勢いよく手を洗いだした。

「しかし、先に嘘をついたのは久美さんですから」

冷静に言われると反論のしようもない。ごしごしと石鹸を泡立てて手首まで時間をかけてきれいに洗っていると、荘介はいつの間にか冷蔵庫のところへ移動していた。

よし、チーズについてなにか言ってやろう。そう思ってハンカチで手をふきながら振り返ると、荘介は冷凍庫から取りだしたバターを調理台の上に置いたところだった。

「なにか作るんですか？」

久美の言葉が意外だったという気持ちを、荘介は肩をすくめることで表現した。まるでヨーロッパ映画の俳優のように。

「忘れてしまいましたか？　ガレットの試作ですよ」

久美は、はっとして手を打った。

「そうでした！　ご予約の日が決まりました。次の土曜日です」

荘介は嬉しそうに笑う。

「よかった。ガレットにグラナ・パダーノが使えます。独特の風味を出せますよ」

「オーソドックスなものじゃなかったんですか？　グラナ・パダーノって、イタリアのチーズなんでしょう？　フランス産のチーズじゃなくていいんですか？」

「あれ、久美さんはイタリア語が堪能でしたか？」

「調べました。グラナは粒。パダーノは地名。イタリアのパダーノ地域の粒状のチーズっていう意味なんでしょう？」

「すばらしい、勉強熱心ですね」

久美は嬉しそうに頷いてから、「でもですね」と言葉を続けた。

「粒状のチーズっていうのは、ちょっとおかしくないですか？　思いっきり巨大な個体ですよね」

「では、味見してみますか」

冷蔵庫からグラナ・パダーノを取りだす。中身を削ぎ取ってある分、ずいぶんと軽くなっているようだ。仕込んでいた生地や卵を除けて、ラップとワックスペーパーをはがすと、カミソリのような形のチーズスライサーで、薄く削りだす。

久美は五センチ角程度の薄いチーズをもらって、ひと口に頬張った。

「んん？　ザラザラというか、シャリシャリというか、なんだか不思議な食感です。すごく細かい粒状のものが、ひとまとまりに固まっていたんですね」

時間をかけてチーズを味わっている久美を、荘介は面白がって笑う。

「まるで、チーズのソムリエがテイスティングしているみたいですね」

ゆっくりと味わってチーズを飲み込んでしまってから久美は尋ねた。

「チーズにもソムリエがいるんですか？」

「はい。資格を与えている機関によって呼び名はさまざまですけれど。チーズコーディネーターとか、チーズプロフェッショナルだとか」

「なんだかすごく華やかな感じですね。ワインもチーズも両方のソムリエ資格を持っていたら、最強の飲み友達になれそうです」

荘介はワイングラスを掲げるしぐさをしてみせた。

「資格を取るのでしたら、ぜひ久美さんにパーティーを主催してほしいですね」

「任せてください。たぶん、五十年後くらいには資格勉強を始めますので」

「気の長い話ですね」

もうひと切れ、チーズを削って久美に渡してやってから、荘介は発酵させておいたガレットの生地の様子を確かめている。

やや粘りが出て、色も茶色っぽく変わっている。

「なんでフランス産チーズじゃないんですか？　イタリア産が美味しいからですか？」

「うん、グラナ・パダーノは美味しいよね。爽やかで酸味も少なくて食べやすい。フランス産のチーズに比べて日本人の口に合うと思います」

和菓子用の鉄板を加熱しつつ荘介が答えた。久美はチーズの香りを反芻《はんすう》して呟く。

「グラナ・パダーノは草原の香りがします。パダーノ平原の香りでしょうか」

「もしかしたら、古代の香りかもしれないね。ヨーロッパで最古のチーズ生産地は古代ギリシャで……」

「フランスじゃないんですか！」

「チーズは中東経由でギリシャに伝わったそうだけど、古代ギリシャのオデュッセイアという紀元前八百年頃の叙事詩にチーズの描写があるんだ。それ以前には作られていたでしょうね」

久美が眉根を寄せて難しい顔をする。

「時代が遠すぎてどんな生活なのか想像もつきません」

「もっと古い話をすると、ガレットのようなパンの原型になるものが古代メソポタミアでは紀元前七千年頃には食べられていたそうだよ」

紀元前の世界が想像できず天井を見上げた久美を放って、荘介が蘊蓄を続ける。

「ガレットに使われるのはスイスのエメンタールチーズが多い。チーズの出身地にかかわらず美味しいものを使うのがガレットのオーソドックスだと思って、グラナ・パダーノを使うよ。歴史もあるし隠れ家的なレトロな店には似合うんじゃないかな」

鉄板の温度を確認してバターを薄くひき、生地を鉄板に注ぐ。

木べらで器用に薄く丸く伸ばしていく。

「もう既に美味しそうな香りがしてます」

「薄焼きですから、すぐに焼けますよ」

木べらで端を浮かせて焼き加減を確認する。

ちょうど良い焼き色を確かめ、生地を掬《すく》うように木べらを入れて、一気に裏返す。

細切りのハムと削ったチーズを円状に生地にのせ、円の真ん中に卵を割りいれる。

鍋蓋をかぶせて蒸し焼きにして、卵が半熟になったら蓋を取る。

生地の四隅をたたみ、真ん中に開いた覗き窓状の部分に卵が見えるようまとめる。

きれいな四角形にまとめたら、皿に取って塩コショウを振る。


「はい、出来上がり」

久美はポカンと口を開けて、荘介の素早い動きに見とれていた。

「どうしました、久美さん？」

「本当にお料理ができた……」

荘介は悲しそうに眉を下げた。

「僕だって、目玉焼きくらい作れますってば」

「目玉焼きじゃないじゃないですか。ガレット・コンプレットでしょう？　難しそうでしたよ、ひっくり返すところとか」

ナイフとフォークを準備しながら、荘介はさらに悲しげに呟く。

「久美さんは、いくらなんでも僕の腕を見くびりすぎだと思うんですよ」

「そんなことないですよ。荘介さんのお料理の腕は本当に油断なりませんから」

荘介は、「ううう」と小さく泣き声のようなうめきをあげながら、ガレットを半分に切り分けた。卵の黄身がとろりとこぼれだす。

「うわあ、美味しそう」

「どうぞ」

荘介からナイフとフォークを受け取った久美は、さらにナイフを入れてガレットの四分の一を一気に頬張った。

「あふい」

「あふいですか」

はふはふ言いつつ、それでもガレットを噛みしめてじっくり味わい飲み込んでから、久美はもう一度「熱い」と言い直した。

「焼きたてですからね。それでも飲み込むところ、尊敬します」

「すごく美味しいです……。荘介さんがこんなに美味しいお料理を作ったなんて嘘みたい……」

茫然としながら発せられた久美の言葉に、荘介はムッと眉根を寄せた。

「それはどうも。感激してもらえて嬉しいですよ」

荘介はすっかり拗ねてしまって、無言でもう一枚ガレットを焼きだした。久美も黙ったままガレットを堪能する。

「もちもちカリカリで、本当に美味しいです」

久美の感想を荘介はむっつりと聞いている。

「そば粉って、こんなに香ばしくなるんですね。チーズとハムの塩気が、香ばしさと相まってたまらないです。はー、こんな美味しいお料理を、まさか荘介さんが……」

「それは、もういいですって」

焼きあがったプレーンなガレットを皿にのせて、蜂蜜と粉砂糖を振りかける。

その皿を差しだすと、久美はしっかりと頷いた。

「これは間違いなく美味しいですね」

「だから、料理と比較しなくていいですってば」

苦情は聞き流して、またガレットの四分の一を一気に頬張る。

「あふい」

「そうでしょうとも」

熱々のガレットを、よく味わって噛みしめて飲み込んでしまってから、久美はやけどしかけた口を開いた。

「さっきより、もちもちがすごかったです。甘さがそば粉の香りを引き立ててます」

「卵がのっていない分、短時間で焼き上げてみました。スイーツとしてのガレットも最近ではポピュラーになっていますが、今回のご注文向けではないですね」

久美は頬に人差し指をあてて考える。

「でも、すごく美味しいから、デザートにどうでしょうか」

「国木さんが少食でなければいいですね」

久美は記憶をたどってみた。尚也の丸顔は健康そうだった。

「どちらかというと、たくさん召し上がりそうに見えましたよ」

「人は見かけによらないから。久美さんみたいに」

久美はかくんと首をかしげた。

「それは、どういう意味でしょうか」

「見た目では、大食漢《たいしょくかん》だとはわからないという意味です」

褒められているのかどうか考えてみたが、判断つきかねて聞き流すことにした。

荘介は半分に切ってあったガレット・コンプレットを味見した。

「ちょっと冷えすぎました」

「やっぱり、熱々が美味しいですよね」

「そうですね。お弁当には向きませんね」

「ガレットを持ってピクニックはおしゃれっぽいですけど……」

久美は両こめかみに指をあてて考え込む。うーん、うーんと唸っていたが、顔を上げて、一つ、手を叩いた。

「そうだ、鉄板を持っていって外で焼いたらいいんじゃないでしょうか」

荘介は思わず噴きだす。

「ピクニックというより、お祭りの屋台みたいですよ」

「嫌ですか？」

聞かれて、荘介は小さくため息をついてみせた。

「僕がガレットを焼くのが前提なんですね」

久美が心配げに繰り返す。

「やっぱり、嫌ですか？」

「嫌じゃないです。いつか行きましょうね、ピクニック」

ほがらかな荘介の笑顔に満足して久美は深く頷いた。二人の間に新しい約束ができた。踊りだしたいほど嬉しくて、そわそわした。

常連客として通っていた子どもの頃からの久美の夢だった。大きくなったら『お気に召すまま』で働く、と小さな頃に宣言してから、大きくなるまでずっとその思いが変わることはなかった。

これからも、それはきっと変わらないだろう。

「さて。それじゃあ、グラナ・パダーノを解体しましょうか」

「え？　解体？」

荘介は大きなナイフで、ズバリズバリと巨大なチーズの中央に刃を入れ、小片に切っていく。

どれもほぼ同じ台形に切りあがると、ワックスペーパーとラップできっちりと包んだ。

久美は早業に見とれていたが、ハッとして尋ねた。

「もしかして、巨大なまま保管する必要はなかったんですか？」

「そうですね。一般家庭ではカットされたものを使いますし、切ってしまっても問題はないです」

久美の眉間にしわが寄る。

「もしかしなくても、こんな大きな丸ごとのチーズを買わなくても、カット済みのものを買えばよかったんじゃないですか？」

荘介は、いたずらがばれた子どものようにそっと視線をそらす。

「そうとも言えます」

久美は荘介の視線を捉えようと、ちょこちょこと移動しては見上げるのだが、荘介はとうとう天井を見上げてしまった。

「面白がって、無駄に諭吉さんを手放すのはやめてください」

「……はい」

荘介はしょんぼりと肩を落とした。

土曜日の午前中、カランカランとドアベルを鳴らして国木尚也がやって来た。

久美が「いらっしゃいませ」と言ったのにも反応を返さず、思いつめたような硬い表情だ。

早足で歩いて、さっさとイートインスペースまで進み、『予約席』という札を置いた席に座った。そのままにらむようにテーブルを見下ろして動かなくなってしまった。

連れの女性は入り口で立ち止まり、店を見渡している。

壁には先代の頃から使い続けているゼンマイ式の古い掛け時計。大きな窓の上部には無花果《いちじく》の柄のステンドグラスが嵌まっていて、さんさんと差す光をきらきらと色めかせている。

ショーケースには古今東西のお菓子たち。壁に作りつけの棚には、ぎっしりと焼き菓子が並んでいる。

女性は二十代前半だろうか。尚也と同じく硬い表情を浮かべていたが、華奢《きゃしゃ》で色白な頬に笑みが浮かんだ。思わず心なごむような雰囲気をこの店に感じたのだろう。

「麻衣」

尚也が顔を上げずに呼ぶ。再び、麻衣の表情が尚也と同じように硬くなった。

久美は向かいあって座った二人の側に、そっと近づく。

音を立ててしまったら、二人の間にあるなにかがパリンと壊れてしまうのではないかと思ったのだ。

「ご予約ありがとうございます。すぐにガレットをご用意いたします」

「お願いします」

やはり顔を上げないまま尚也が答える。

厨房の荘介に来客を伝えに行くと、既に察していたようで、ガレットの生地が鉄板の上で焼かれはじめていた。

「荘介さん」

久美は小声で耳打ちする。

「なんだかワケありげなお二人なんですけれども。黙ってしまって動かなくなっちゃったんです」

「そうなんですか」

「あれじゃ、きっと間がもちません。なんとか早くお出しすることできませんか」

「卵に早く焼けろと言うわけにもいきませんし。シードルを仕入れていますので、お酒が大丈夫なようでしたら、コーヒーではなくシードルをお出ししてみてください」

「シードル？」

「リンゴの発泡酒です。フランスではガレットに合わせるのはシードルがお決まりなんですよ」

「わかりました、おすすめしてみます」

久美は大きく息を吸って気合を入れてから店に戻った。

尚也は相変わらずテーブルを見つめていた。麻衣はぼんやりと窓のステンドグラスを眺めている。尚也の切羽詰まったような雰囲気とは対照的に、麻衣はずいぶんとくつろいでいるようだった。

久美はどちらにともなく問いかけた。

「お飲み物はシードルがおすすめですが、アルコールは大丈夫ですか？」

麻衣は黙りこくっている尚也に目をやったが、尚也が動かないのを見ると、久美に笑顔を向けて頷いた。

緑色の瓶に黄色のラベルが貼られた、フランス産のシードルを二本、グラスとともにテーブルに運ぶ。

尚也がやっと動いて、麻衣のグラスにシードルを注いだ。

「ありがとう」

麻衣の言葉に、尚也は勢いよく顔を上げた。麻衣は落ち着いた表情でグラスを掲げる。

尚也も自分のグラスにシードルを満たして、グラスを軽く持ち上げた。

シードルの泡がぱちぱちと小さな音を立てて弾けて消えていく。その音も一緒に飲み込んでいるかのように、二人は静かにグラスを置いた。

「シードルって美味しい」

麻衣がぽつりと呟く。

「初めて飲みました」

「そうか、それは良かった」

尚也は嬉しそうに頷いたが、麻衣は目を伏せた。

「でも、本当だったらフランスで飲んでみたかったです」

尚也が慌てて言い募る。

「フランスでも日本でも、味は変わらないよ。ほら、これはフランス産なんだから」

「そうかもしれませんね」

そう言いながらも麻衣は目を上げない。尚也は戸惑っているようだったが、なんとか言葉を探しあてて話し続ける。

「でもさ、フランスって言ったら、やっぱりワインだろ。ほら、あのクレープリーで飲んだブルゴーニュの赤は、すごくガレットに合っていたし……」

麻衣はさらに深く俯く。思いだしたくないことに触れられたようだ。

尚也もそれに気づいて口をつぐんだ。フランスの、クレープリーと呼ばれるクレープ専門店に行ったときに、なにか問題でもあっただろうことが伝わってくる。

しんとした空気の中に、シードルの泡が弾けるぱちぱちという小さな音がこだますようだった。久美は居心地が悪く、カウンターの陰に隠れるようにして事務仕事に手をつけた。だが、無言のテーブルが気になってしかたなく、仕事に没頭できない。

尚也がグラスのシードルを飲み干した頃、やっとガレットが運ばれてきた。

荘介は「お待たせしました」と短く言って二人の前に皿を並べると、静かに厨房に戻っていった。

麻衣はナイフとフォークを手にして、卵の黄身に切れ目を入れた。とろりと鮮やかな黄色がこぼれる。

ガレットの隅の方からひと口分を切りだすと、とろける黄身を絡めて口に入れた。

「美味しい」

湧きあがってきた笑顔は尚也に向けられることはなかった。麻衣は皿を見つめて、ゆっくりとナイフを使う。

しばらくそれを眺めていた尚也もフォークを取った。ガレットを口にして、目を大きく開く。

「これは、美味しいな。噛む前から濃厚な香りがする。口の中一杯に広がる草原の香り、バターにも似た軽やかな塩気。このチーズはすばらしいね。それにハムと半熟卵のバランスも……」

「尚也さん」

麻衣が手を止めて、尚也の言葉を遮る。

「私、もう尚也さんの教え子じゃないんです。講義は聞きたくないです」

「講義って……、俺はただ感想を言っていただけで……」

「私に聞かせるために話していたように感じました」

「それは、ああ、そうだな。二人で食べているのに、独り言は言わないだろう？」

「独り言と同じです。私は、講釈はもう聞きたくないんです。尚也さんは私に知識を与えよう、与えようとするでしょう。それが嫌なんです」

「嫌って……。それ、ずっと思っていたのか？」

「はい」

「なんで早く言わないんだ」

「尚也さんは従順ではない学生が嫌いだったでしょう。だから、反論するのが怖かったんです」

　尚也はぽかんとして麻衣の顔を見つめた。麻衣はナイフとフォークを置いて、深く俯いた。ため息をついて軽く首を振る。

「嘘ね。嘘です。私、変わるのが怖かったんです。尚也さんとの関係が変わるのが。本当のことを言って、私自身が変わることが。私はいつまでも、尚也さんの一番の教え子でいたかったのかもしれない」

　尚也は戸惑った様子で麻衣の顔を覗き込もうとしたが、麻衣はますます深く首を折っただけだった。尚也は当惑を隠しきれずに、とぎれとぎれに尋ねる。

「変わりたくないって言ったって……、もう麻衣は俺の教え子じゃないし……、そもそも、君は変わったじゃないか。よく笑うようになったし、怒った姿も俺に見せてくれた。それのどこが悪いんだ？」

　麻衣は小さく首を振り続ける。

「それも全部、私じゃないんです。私は、先生が望む私になろうとしていただけなんです。でも、もう無理なんです。我慢することはできない」

　尚也はテーブルに両手をついて身をのりだす。

「フランスのクレープリーのことか？　俺が説明もせずにアンドゥイユを頼んだこと、

あれがだめだったのか？　あれは俺が悪かったよ。だから、こうして美味いガレットの店を探して……」

麻衣が唇を噛んでいることは、正面に座っている尚也には見えていないだろう。横合いから様子をうかがっている久美には、麻衣の戸惑いがよく見えた。

自分が言おうとしていることに、自分で戸惑っている。でも、もう気持ちは固まっているように久美には見えた。

「びっくりはしました。でも、赤ワインと一緒だと、アンドゥイユでしたっけ、牛の内臓のガレットも美味しかった。でも、そういうことじゃないんです。そういうことじゃないの」

「じゃあ、なんなんだ。俺にもわかるように説明してくれ」

「私は先生のためになることを、なにもできない。先生は私のことをからかうでしょう。クレープリーでのこともそう。私はそのたびになにも言い返せない。なにも知らずに素直に驚くだけの私でいないといけないんだと思ってしまうの。私は結局、先生を先生としてしか見ることができないんです」

麻衣は顔を上げて、しっかりと尚也を見つめた。

「傷ついていたのは私のせい。私が自己嫌悪していただけなんです」

「そんなこと、気にしなくてもいいんだ。君が側にいてくれるだけで、俺は……」

「私、自立した女性になりたいんです。先生の知識に頼って生きていくのは嫌なんです。全部、私のわがままです。ごめんなさい」

麻衣が深々と頭を下げる。尚也はなにも言えずに麻衣の肩のあたりを見ていた。いつも弱々しくて守ってやらなければと思っていた細い肩に、長い髪がかかる。尚也はまるで初めて美しいものを見つけたとでもいうような様子で、麻衣の姿から目を離せずにいるようだった。

二人の間で食べかけのガレットが冷めていく。とろりとしていた卵の黄身が乾燥して固まっていく。それでも二人はなにも話さず、動きもしなかった。

厨房から荘介が二枚の皿を持って出てきた。二人の前に皿を置く。

「バターと砂糖のクレープです。温かいうちにどうぞ」

新しいナイフとフォークも並べて置く。尚也はぼんやりと荘介を見上げる。

「注文はガレットだけのはずだが……」

「こちらはサービスです。クレープリーでは定番の味ですから、試していただきたいと思いまして」

麻衣は黙ってクレープをひと口大にカットして口に入れた。噛むごとに笑顔が広がっていく。荘介は二人の側から離れてコーヒーを淹れはじめた。尚也はしばらく麻衣の笑顔を見つめていた。

「美味しいです。先生は食べないんですか？」

尚也は気まずそうに麻衣から視線をそらす。

「ああ、もう腹いっぱいだよ」

「じゃあ、私にください」

麻衣はぱくぱくと自分のクレープを食べてしまって、尚也の皿と、空になった皿を交換した。尚也は驚いて、麻衣の旺盛な食べっぷりに目を奪われていた。

「小食の君がそんなに食べるなんて珍しいな」

「先生、私、本当は小食なんかじゃないんです。食べることが大好きなの。でも、先生の前だと、きちんとしなくちゃって思って、そうしたら緊張して、あんまり食べられなかったんです」

荘介がコーヒーを運ぶと、麻衣は笑顔で荘介を振り仰いだ。

「このクレープ、すごく美味しかったです。他のお店と全然違いました。なにかコツがあるんですか？」

「特別なことはなにもしていません。素材が本来持っている味を最大限に活かすように、少し気を使うだけです。クレープ生地には溶かしバターを加えます。ですが、そのあと冷蔵庫で寝かせるんです。そのときにもバターは固まらないように、気を配るだけです。一度、変わってしまったバターは再び固まってしまうと元来持っている風味が損なわれてしまいますから」

荘介は小さく頭を下げて空になった皿をかたづけた。麻衣は広々したテーブルに肘をついて、尚也に微笑みかけた。

「パリに行って、あのクレープリーで自分が自分じゃなくなってることに気づいたんです。本当は私、今食べたようなシンプルなガレットと、飾らないクレープが食べたかった。でも、それを言えなかったんです。ずっと、なにを言えばいいのかわからないままで先生と付き合ってたの。でも、もう言えるようになっちゃった。私、もう変わっちゃったんです。シンプルなガレットや砂糖とバターだけのクレープみたいに、背伸びしたり、変わったことをしたりしなくても、私らしくいられる人生を生きていきたいんです」

麻衣はコーヒーを飲み干すと、静かに席を立った。

「さようなら、先生」

尚也はコーヒーカップを両手で包み、黒い液体を覗き込んでいる。麻衣は自分の会計を済ませて出ていった。

カップに口をつけ、尚也はゆっくりとコーヒーを飲み干した。ソーサーにカップを戻して、空になったカップを見つめ続ける。

久美はお代わりを淹れようとテーブルに向かった。

「女の子は、いつの間に女性になるんでしょうね」

尚也がぽつりと呟く。

「彼女はいつまでも少女のままのような気がしていたんですよ。なにも変わらずに。俺はそう思いたかったんだな」

久美はコーヒーを注ごうとしていた手を止めて、思わず尋ねた。

「あとを追わなくていいんですか？」

寂しそうに微笑んだ尚也は、コーヒーを断って席を立った。

「変わってしまったものは元には戻らない。俺はもう彼女を変えることもできない。彼女にはもう俺は必要ないんだ」

残り半分の会計を済ませた尚也を見送りに表に出ると、空には雲がかかっていて、今にも雨が降りだしそうだった。

ちらりと空を見上げて、尚也は肩をすくめて帰っていった。

店内に戻ると、荘介がテーブルのかたづけに取り掛かっていた。

「荘介さん、あの二人、どうして別れるんでしょうか」

「どうして、とは？」

手を止めずに荘介が問い返した。

「二人とも相手を嫌いになったわけじゃないんだったら、もう一度やり直せるんじゃないかと思うんです」

久美もかたづけを手伝う。

「求めるものが違うのではないでしょうか」

「二人が求めるものですか？」

「はい。どこへ向かって歩いていきたいかが違っていたら、一緒には歩いていけないですから」

荘介は久美に視線をやったが、久美は自分の中に答えを探していた。荘介は話しかけずにそっと厨房に戻っていった。

好きという気持ちは、どこから来てどこへ行くのだろう。久美にはよくわからない。恋愛経験が少ないせいかもしれない。

だが最近、なにかが胸の奥でピカッと光っていることを感じている。とても大切なものが胸の中で光っている。手を胸に置いてみても、光はとても小さくて、指で触れることはできない。

尚也の言葉を思いだす。

「女の子は、いつの間に女性になるんでしょうね」

答えはわからないけれど、そのときをはっきりと自覚するような日がくるのかと思うと、自分が変わってしまうのが怖いような気がする。

もう一度、自分の中にある光り輝くものに触れるように胸に手を置く。

とくん、とくんと鼓動に合わせて光が明滅している。

その光は久美の行く先をいつも照らしてくれる、とても大切なものではないかという気もした。

初恋はこぶたプリン

久美の朝は店の掃除から始まる。

エプロンのひもをギュッと締めて、「よし」と呟く。

ショーケースを磨き、焼き菓子を並べる棚や窓の桟の埃を取り、店舗の掃除機かけ、イートインスペースのテーブルと椅子も拭き上げる。

掃除も大事なおもてなしの一つと、毎朝、気合が入る。

店内が終わったら店舗の外の掃除。

箒とチリトリを動かしてせっせと落ち葉を掃いていると、視線を感じた。

目を上げると久美から三メートルほど離れたところに、一人の青年が立っていた。ぼうっと久美を見つめている。

あれ、知ってる人だったかな、と思いながら会釈する。

青年はハッとしたようだが、視線がそれることはなかった。軽く頭が揺れたような気がするのは会釈だろうか、それとも体がかしいだだけだろうか。

ひょっとして、自分の後ろを見ているのだろうか。久美が振り返って確かめると、店の看板があるだけだ。

お客様かな？

声をかけてみることにした。

「おはようございます、いらっしゃいませ」

「あ、はい。おはようございます」

ああ、やっぱりお客様か。

朝一番の来客が一見《いちげん》さん。常連になってくれるかもしれない、今日は幸先がいいぞと嬉しくなった。明るい笑顔が自然に浮かんでくる。

「中へどうぞ」

ドアを開けて中へ案内する。店内に入っても青年はショーケースに目をやるでもなく、久美を見つめている。

なんだろうかと首をかしげると、青年は慌てて目をそらして急いで店内を見回した。

「あ、お菓子屋さん……」

「はい。ごゆっくり、ご覧ください」

久美が掃除で外に出ている間に、荘介はショーケースのお菓子の陳列を終わらせて、裏口から日課の放浪の旅へ出ていったようだった。

　久美は毎日のことと慣れたもので気にせずに、ショーケースの裏、いつもの定位置に立って客を見ている。

　青年はゆっくりと確かめるように焼き菓子の棚、ショーケース、それからイートインスペースへと顔を向けた。

「あ、店内で召し上がっていただくこともできますよ」

「そうなんですか、えーっと。えー……」

　青年はかなり迷っているようで、何度も何度もぐるぐると、店内を回りながらお菓子を見ている。久美は待っている間にお茶を淹れた。

「よろしかったら、お茶をどうぞ」

　テーブルにお茶を運んでから声をかけると、青年はなぜかとても緊張した様子で寄ってきた。

　年齢は久美とさほど変わらず二十代前半のようだ。おそらく年下だろうという感じはする。身長は荘介ほどではないものの高めで、日焼けしていて短髪黒髪。

　野球少年っぽい雰囲気がある。野球でないとしても、少なくとも、なにか運動はしているだろう。

「俺、成宮昴《なりみやすばる》といいます」

「あ、私、斉藤と申します」

客に先に名のられて、久美は慌ててポケットから名刺を取りだした。

「斉藤久美さん」

「はい。当店のマネージャーです。と、いっても、この店には店長と私しかいないんですけど」

「そうなんですか。えっと、その、俺、じつは……」

昴が口を開きかけたとき、カランカランとドアベルを鳴らして客が入ってきた。

「いらっしゃいませ」

「おはよう、久美ちゃん。お、お客さんだね」

入ってきたのは常連で町内会長の梶山《かじやま》だ。定年退職してから、かなりの頻度で『お気に召すまま』に入り浸っている。常連客のほとんどとツーカーの仲だ。

勝手知ったるとばかりに、梶山はイートインスペースのいつもの指定席に、どっかりと座り込んだ。

「おや、お茶が出てるじゃないか。そこのお客さん、遠慮せず召し上がれ」

「え……」

戸惑って久美に視線を戻した昴に、久美も笑いかける。

「どうぞ」

「それじゃ、いただきます」

きっちりとお辞儀をしてから座った昴に、梶山が話しかける。

「この店は本当にサービスがいいから。それにね、お菓子は天下一品だよ。どれを買ってもハズレはない。本当にすばらしい店だよ」

久美が梶山にお茶を運びながら、申し訳なさそうに小声で言う。

「梶山さん、せっかく褒めていただいたんですけど、今日は試食品はないんです」

「え、そうなの。残念だなあ」

お茶をすすった梶山はテーブルに肘をついて、腰を据えて昴と世間話することにしたらしい。

「お客さん、学生さん？」

「はい、大学に通っています。三年です」

「おお。じゃあ、そろそろ就職活動だ。ね、がんばってる？」

「ええ、精一杯やるつもりです」

てきぱきした答え方は爽やかで好感が持てる。誰からも好かれそうだ。きっと採用面接でも高評価をもらえるだろう。

二人が話し込んでいる間にも次々と客がやって来て、久美はその対応に追われた。手が空いて、気づくと梶山がやって来てから一時間近く経っている。梶山はまだ昴を解放せず話し続けていた。

昴の横顔に多少の疲れを見出して、久美は二人の会話に割って入ることにした。

「成宮さん、すみません。まだご注文をうかがっていませんでしたよね」

久美に話しかけられて、昴は嬉しそうに立ち上がった。

「もう、話しても大丈夫ですか？」

「はい、大丈夫ですよ」

梶山が昴の邪魔をする。

「それじゃあ、久美ちゃん。豆大福を一つ」

「はい。成宮さんは、どうなさいますか？」

「俺は……」

途端に眉を寄せて困った表情になり、ショーケースに目をやる。

「プリンをください」

「はい。こちらでお召し上がりですか？」

「いえ、持って帰ります。四つ、お願いします」

「かしこまりました」

満面の笑みを浮かべた久美を見つめたまま、昴は立ちつくしている。

梶山はまだ話し足りないようで、話しかけたくてしかたない様子で昴の背中を見ていた。しかし、昴はとうとうその視線に気づくことなく、プリンの箱を受け取ると、先を歩いていく久美を見つめたままドアに向かった。

昴は久美にドアを開けてもらい、外に出て振り返った。

緊張した様子で、接客用の笑顔を浮かべた久美に向きあう。

「俺、また来てもいいですか」

「もちろんです。お待ちしております」

久美の返事に昴はさらに緊張を増した様子で、なにか言おうとしたのだが、次の客がやって来てしまい、遠慮して足早に帰っていった。


それから昴は二日とあけずにやって来て、ゆっくりとお茶を飲みながら久美を見つめ、梶山の話し相手になり、プリンを買って帰っていくということを繰り返した。

初めの頃は妙に緊張した様子の昴だったが、二週間も経つと馴染んできて、久美ともフランクに話をするようになっていた。

久美より年下の昴が、敬語を使われると落ち着かないと言ったのが、会話がスムーズになった直接のきっかけだ。


「昴くん、いらっしゃい！」

久美の明るい声に、昴は嬉しそうに笑いながら片手を上げてみせる。今日は珍しく夕方遅い時間にやって来た。

「こんにちは。今日は梶山さんは？」

「午前中に帰っちゃったよ。昴くんと会えなくて残念がってた」

昴はホッとしたような表情を浮かべた。やっぱり梶山さんの相手をするの、面倒くさかったのかな、と久美はおかしくなってクスクス笑いだした。

「なに、どうかした？」

「ううん、なんでもないよ。今日もこぶたプリン？」

「うん、持ち帰りで」

「四つ？」

「うん」

「そうだと思って、お取り置きしておきました」

久美は空っぽのショーケースの隅に置いてあるプリンの箱を指さしてみせてから、お茶を淹れる。

「ありがとう」

そう言ってから、昴は慣れた様子で椅子に腰かけた。

「あのさ、久美ちゃん」

「なに？」

お茶を運んできた久美に、なぜか思いつめたような様子で昴が話しかけた。

「日曜日が、お店の定休日だよな」

「そうだよ」

昴はますます硬い表情になって、テーブルに視線を落とした。

「ええっと……」

久美は口ごもってしまった昴の前の席に座って、のんびりと話の続きを待っている。

昴がやっと口を開きかけたとき、カランカランとドアベルを鳴らして、荘介が日課の放浪から帰ってきた。

「あ！　荘介さん！」

急に眉を吊り上げた久美を見て、昴は目をしばたたいた。久美は気づかず立ち上がって荘介に詰め寄った。

「毎日サボるの、本当にやめてくださいってば」

「サボりじゃないですよ」

「じゃあ、なんなんですか」

「思索のための散歩です」

「そんな明治の文豪みたいなこと言わないでください。今日も全部売り切れちゃいましたよ。ショーケースは空っぽです。朝だけじゃなくて、お昼にも追加でお菓子を並べましょうよ」

荘介は聞こえなかったふりで昴に顔を向けた。

「いらっしゃいませ。久美さんのお友達ですか？」

久美がお小言を切り上げて昴を紹介する。

「お客様です。成宮昴くん。常連さんになってくれたんですよ。ほぼ毎日来てくれるんです」

「それは……」

荘介は一瞬言葉を切って、久美をちらりと見たが、久美はちょっと首をかしげて次の言葉を待っている。

荘介は片眉を上げていぶかしんだ様子を見せながらも、久美への言葉は飲み込んで、昴に向き直った。

「いつもありがとうございます。店主の村崎荘介です」

昴は日ごろの人懐こさが嘘のように、硬い表情で荘介を見つめる。

「お邪魔しています」

「ゆっくりしていってください」

「いえ、もう帰ります」

いつもみたいにお喋りもしていない、お茶もひと口も飲んでいない。急ぎの用事があるのかなと思いながら久美はプリンの代金をもらい、昴を見送りに外に出た。

「久美ちゃん、店長さんと仲がいいんだね」

昴にいつもの笑顔がない。今日はどうしたんだろうと久美は思う。

「仲がいいというか、荘介さんを放っておいたら、なにをするかわからないから監視してなくちゃいけないの」

久美は冗談を言ったつもりなのだが、昴は笑ってくれない。

「店長さんのこと、荘介さんって呼ぶんだね」

「うん。子どもの頃から知ってるから」

昴は大きく深呼吸してから尋ねた。

「付き合ってる？」

「へ？」

「店長さんと」

久美の目が丸くなる。両手も首もぶんぶんと振って否定する。

「と、とんでもない、私、そんな……」

「よかった」

はじけるような笑顔を浮かべて昴は久美を見つめる。久美はばくばくと激しい鼓動を落ち着けようと深呼吸を繰り返す。昴は久美が落ち着くのを待って、言葉を続けた。

「今度の日曜日、用事ある？」

「ないよ」

「一緒に出掛けない？」

「うん、いいよ」

即座に屈託なく答える久美に、はじけるようだった昴の笑顔がだんだんと弱々しくなり、顔が赤くなっていく。

「俺、デートに誘ってるつもりなんだけど」

「えっ！」

小さく叫んで絶句してしまった久美に、昴は恥ずかしげに笑いかけた。

「わかりにくかったよな、ごめん。俺、誰かをデートに誘うなんて初めてだから、なんて言っていいかわからなくて」

「そんな、あ、謝るようなことでは……」

昴の言葉に驚いて慌てた久美の方こそ、なんと言っていいのか思いもつかない。

しばらく久美を見つめていた昴は、沈黙に耐えられなくなったようで視線を外した。

不機嫌にも見える表情だが、赤い頬をしていて照れているのだとわかる。

「考えておいて」

久美がわずかに頷くのを確認してから、昴はプリンを抱えて帰っていった。

予想外の外角から直球の言葉を投げかけられて、久美は混乱して立ちつくした。

やっと我に返って店内に戻る。久美はなんとなく厨房に荘介の顔を見にいった。荘介は明日の仕込みを始めていた。無言で見つめられた荘介は、ちらりと久美に視線を移したが、そのまま黙って作業を続ける。

久美は重い石を飲みこんだように思った。でもそれを荘介に知られるわけにはいかない気がする。荘介に絶対言えない隠し事。こんなことは初めてだ。どうしてこんなことになったのかわからない。どうすれば気持ちが晴れるのかも。

わからないことに時間を費やしてもしかたない。なにかに没頭して気を紛らせようと仕事に戻ることにして、店に向けて足を踏みだした。

「久美さん」

呼ばれて、笑顔で振り返る。

「早いですが、今日はもう閉めましょう」

「はい、わかりました」

「久美さん」

荘介は常にない真面目な調子で続ける。

「なにかあったら、いつでも相談にのりますから」

突然、なんでそんなことを言うのだろうと思う気持ちと、今すぐなにかを話したいという気持ちを半々に感じた。荘介に伝えたいことがあるような気がして胸の中を探したが、どんな言葉も今の久美の気持ちを表すには、なにかが足りないように思えた。

久美は荘介をただ見つめて黙って頷いた。荘介も黙ったまま久美を見つめていた。久美は自分でもよくわからない気持ちを知られないように荘介に背を向けた。

翌日も昴はいつもどおりにやって来た。久美はどうしたらいいかわからず、ぎくしゃくと挨拶をした。昴も少し緊張気味で二人の視線は合わなかった。

そこに梶山がやって来て、昴をイートインスペースに引っ張っていった。久美も昴もなんとなくホッとして、いつもどおりに時間は過ぎた。

昴が梶山とお喋りをして、お茶を飲んで、プリンを買って帰る。

それを三日続け、土曜日になってしまった。

久美は朝から石を飲み込んでしまったかのように胃が重いと感じていた。日曜日にデートに誘われているということは、今日返事をせねばならないだろう。

もう、逃げられない。

日曜日に用事はないと言ってしまったし、昴と一緒に出かけていいとも言ってしまった。今さら断るなら、正当な理由を告げなければならない。断るべき理由がどこかにあるような気もするのだが、うろたえている久美には思いいたることができない。

どうにも考えがまとまらず、同じことをいつまでもぐるぐると考え続ける。昴と一緒にいると楽しい。だが、デートとなると別かもしれない。それは断る理由にはならないだろうか？　そう思ってハッとした。

そもそもデートって、どういう顔をしていればいいものだろうか？

やはり、なにか話をしなければならないだろう。

だが、いったいなにを？　デートをしている人たちは、いったいなにを話しているんだろう？

恋愛経験がほとんどない久美の苦悩は深まるばかりだった。

悩んでいるうちに日は高く昇り、お菓子はどんどん売れていく。

昴のためのプリンを取り置いているが、もしかしたら今日は店には来ないのかもしれない。

もしかしたら、明日なにか用事が入って断られるかもしれない。

そうだったらいいのにと思う気持ちがむくむく湧いてくる。そうだったら、とりあえず目の前の難問を棚上げすることができる。

祈るような気持ちで、ドアベルが鳴らないようにと見つめていた。

祈り届かず、カランカランとドアベルを鳴らして昴が入ってきたのは、昼過ぎの客が少ない時間帯だった。

ああ、とうとうきてしまった、このときが。

久美は覚悟が決まらないまま、うろたえて体が硬くなっているのを感じた。

「こんにちは、久美ちゃん」

「こ、こんにちは」

緊張しすぎて声が裏返った。昴も、いつもの笑顔が浮かばない。緊張した表情のまま、黙ってイートインスペースに移動して腰かけた。

久美も無言でお茶を淹れる。手が震えていることに気づいて、深呼吸をした。

「この間の話なんだけど、どうかな」

俯いた昴が口を開いた。どうかと言われても。久美は逃げだしたい気持ちでいっぱいになる。

だが、返事をせずに立ち去るわけにはいかない。なにか言わないと。

「そ、そうだ！　前から聞こうと思ってたんだけど！」

妙に大きな声で話しだした久美に、昴は驚いた様子で顔を上げた。

「プリン、好きなの？」

「え？」

突拍子もない質問に、昴はすぐに返事ができない。

「あの、いつも買ってくれるでしょ。四つとも全部一人で食べてるのかなー、なんて思ったりして……」

「えーっと」

昴が申し訳なさそうに顔を伏せる。

「じつは、俺は食べてないんだ」

「そうなの？　誰かへのお土産？」

「いや、そういうわけでもないんだ。プリンはあちこちの友達に配ってる。こぶたの絵が粉砂糖で描かれてるだろ。あれがかわいいってすごくウケてるよ。あ、女子だけじゃないよ。男子のかわいいもの好きにも」

「それは良かった。けど、自分で食べないのに毎日買うって、どうして？」

顔を伏せたまま、昴は小声で言う。

「じつは俺、お菓子が苦手で。でも、久美ちゃんに会いたいから、口実にしてたんだ。不純な動機でごめん」

話の方向を変えたつもりだったのだが、デート問題の核心に触れてしまい、久美は焦って目を泳がせた。

だが、それよりも、荘介のお菓子を食べたこともないのに、苦手だと言われたということ。そのことに言いようのない悲しさを覚え、泣きそうになった。

自分でも驚くほど強烈な感情だった。

「好きなお菓子はなにもないの？」

「今まで食べたことがあるものは全部、苦手だった。子どもの頃からお菓子を食べる習慣がなかったからかもしれない」

本当に申し訳なさそうな昴の様子を見ていると、好まないのに店のお菓子を食べさせる気にはならない。昴なら無理にでも食べて「美味しい」と笑ってみせるだろう。

だが、このまま『お気に召すまま』のお菓子を、荘介の味を知らずに食べられないままでいてほしくはない。

「昴くんが食べられるお菓子、作るよ」

久美は力強く宣言した。

「『お気に召すまま』は、どんなお菓子でも作るの。だから、昴くんが美味しいって言って食べられるもの、荘介さんが絶対作るから。だから、食べてみてほしい」

情熱にあふれた久美の言葉を、昴は優しく受け止めた。頷いて席を立つ。

「それじゃ、また来るね」

久美は日曜日のことを話さなければと思うのだが、口が固まってしまったかのように動かない。

「俺がお菓子を美味しく食べられるようになったら、改めてデートに誘うよ。答えはそのときまで取っておいてほしい」

昴はいつもどおりに明るく笑う。

考える時間ができて、久美はほっと胸を撫でおろした。


荘介が帰ってきてショーケースに目をやった。いつも昴のために取り置きしているプリンの箱が、そのままであることに気づき立ち止まる。

「今日は成宮さんは来なかったんですか」

「来たんです。それで……」

久美は今日聞いた昴の話を荘介に聞かせた。デートの話だけは伏せて。

話を聞き終えた荘介は、難しい顔をして腕組みしている。

久美は心配になって尋ねた。

「お菓子嫌いな人用のお菓子、作れないですか？」

「作れないとは言いません。ですが、作る必要がないと思います」

「必要、ですか？」

「お菓子は、食べなくても生活に支障が出るようなものではありませんから」

いつもならお菓子を作る機会を見つけると、いそいそと動きだす荘介なのに、誰よりもお菓子を愛していると思って疑わなかったのに、お菓子を否定するようなことを言われて、久美は信じられないものを見た思いだった。

だがそんなわけはない。荘介ならわかってくれる。一生懸命、自分の考えをまとめて口にする。

「お菓子がある生活と、そうじゃない生活だったら、私はお菓子を食べる方が幸せだと思うんです」

黙って見つめるだけの荘介に、久美は一生懸命語りかける。

「お菓子は食べなくても生活はできます。食べない方がいいという人だっていっぱいいます。でも、自分で選んで食べないのと、食べられないから食べないのでは、まったく違います」

「成宮さんは、そう言っていましたか？」

「いえ……」

荘介は久美から視線を外さない。いつもの温かな雰囲気はどこかへ消え去って、彫像のように冷たい表情をしている。

久美はそれでも、また「でも」と言葉を継いだ。

「私は、世界中の誰からも荘介さんのお菓子は愛されると信じてるんです。荘介さんのお菓子を食べられないって言う人がいるのが嫌なんです。美味しいって、言ってほしいんです」

久美の目に涙が浮かんできた。どうしてもこれだけは譲れない。たとえ荘介自身は気にしていなくても。

荘介は久美の必死さを見て目をつぶり、しばらくじっと動かなかった。目を開けたときには、いつもの優しい表情の荘介に戻っていた。

「わかりました。成宮さんが食べてみたいお菓子があるということなら、それを作りましょう。ですが、成宮さんがお菓子になんの期待もしていないなら。久美さん、今回のことは諦めてください。いいですね？」

久美は頷きながら、涙をこぼさないよう、耐えていた。

久美は自分でも気づいていなかったが、日曜日も気が張り詰めていたため、なにもする気になれなかった。

週明け月曜日、久美の肩には妙に力が入っていた。居ても立ってもいられない気持ちでいつもより早く家を出た。

店についてもそわそわしどおしだった。荘介になにか話しかけたくてしかたないのだが、話すべきことはとくに思いつかなかった。

荘介がショーケースにお菓子を並べている間、ちらちら視線が勝手に動く。

「久美さん」

お菓子の陳列を終えて、荘介が久美を呼んだ。

「はっ、はい！」

久美は手招かれるままショーケースに近づいていく。

「お腹が空いていますか？」

「え？　とくに空いてませんけど」

「そうですか。視線を感じたので、ケーキをつまみ食いしたいのかと思ったのですが」

「つまみ食いなんかしません！」

久美が力いっぱい否定すると、荘介は楽しそうに笑って厨房に戻っていった。

自分が盗み見していたことが完全にバレていたのが恥ずかしくて、久美は一度終わらせた店の外の掃除をもう一度やり直して、荘介と顔を合わせないようにしてみた。

昼過ぎに昴はいつものように店にやって来た。

ドアを開けたと同時に、突進するように駆け寄ってくる久美の勢いに押されて、昴はたじたじと足を止めた。

「昴くん、食べてみたいお菓子はなに!?」

「え？　突然どうしたんだよ。食べてみたいお菓子？」

昴が怯えたようにも見えるのだが、久美はそんなことにも気づかない。必死に話し続ける。

「なにかあるよね、一つくらい。そうだ、遠足のときのおやつはどうしてたの？」

「果物を持って行ったよ」

「じゃあ、フルーツゼリーとか！」

「ゼリーは、ちょっと苦手かな」

ひどいショックを受けたかのように、久美は二、三歩あとずさった。

「そうなんだ……。じゃあ、アムリタはだめか」

「アムリタってなに？」

しょんぼりしていた久美は、俄然、元気になって、ショーケースの中のお菓子を指さした。

「荘介さんのオリジナルなの。うちの店の看板メニューだよ」

「へえ、オリジナル。あ、そうだ」

「なに！　なにか思いだした？」

久美の勢いに押されてドアに背中をつけながらも、昴は笑顔を浮かべた。

「食べたいお菓子、あったよ。プリンだ」

「プリン？　いつも買ってくれてるけど、食べてないんじゃなかったの？」

「普通のプリンじゃなくて、親父オリジナルの失敗プリン。なんだかデロリンとしていて、生ぬるくて、甘さもほとんどなくて。でももう一度、食べてみたいんだ」

失敗プリン……。久美は口の中で小さく呟いてみた。

「わかった。それ、荘介さんに作ってもらおう。元が失敗作でも、荘介さんが作ったら、絶対、美味しくなるから！」

力説する久美に昴は首をかしげた。

「なんで、そこまで店長さんのお菓子にこだわるの？」

尋ねられて、久美は初めて自分が荘介のお菓子に、どれだけの思い入れがあるのかを自覚した。普段、考えることもなかったことだ。

荘介のお菓子が美味しいのも、この店が多くの人から愛されるのも、久美にとってあたり前のことだった。

「小さい頃から、ここで働くのが夢だったの。ここには美味しいお菓子があって、それを作り続ける荘介さんがいて……。それで……、なんで、って言われても」

ごにょごにょと語尾が聞こえなくなる。昴は久美の困惑する姿を、明るい笑顔で励まそうとする。

「ごめん、変なこと聞いて。よくわからないけど大事なものってあるよな。久美ちゃんにとって、この店がそれなんだ」

「そう。そうなの」

久美は晴れ晴れとした笑みを浮かべる。「よくわからないけど大事なもの」という昴の言い方は的を射ていた。

「親父の失敗プリンを注文するよ。俺から直接、店長さんに頼む」

「荘介さんは、外出中だけど」

「帰ってくるまで待ってる」

「今聞いた特徴、ちゃんと伝えるよ？」

昴はキリリと表情を引き締めた。

「待たせてほしい。これは俺のこだわり」

「そうなんだ……。わかった」

久美はなんとなく腑に落ちないまま、昴と一緒に荘介の帰りを待った。


カランカランとドアベルが鳴った。イートインスペースに居座ってお喋りしていた久美と昴は揃って振り返った。

「お帰りなさい、荘介さん」

「お帰りなさい、店長さん」

仲良く声を揃える二人に「ただいま」と返して、荘介は昴の側に寄っていった。

「珍しいですね、成宮さん。こんなに遅い時間まで」

「店長さんを待っていたんです」

荘介は軽く頭を下げる。

「それは、お待たせして申し訳ありません。ご用件をうかがいます」

硬い口調の荘介を久美は不思議な気持ちで見上げる。常連にはもっとくだけた話し方をするのに。まだ荘介の中では昴を常連と認めていなくて、よそよそしいということだろうかとも思った。だが、そうではないということは見て取れた。荘介の態度は、どこか昴を拒絶しているようにさえ見える。

そんなことは普段の荘介を知らない昴には知りようもないことで、屈託ない様子に変わりはない。

「お菓子を注文したいんです」

「どういったものでしょうか」

「失敗作のプリンです」

「失敗作ですか」

「はい。俺の親父が作ったプリンが大失敗だったんですが、懐かしくて食べてみたいと思ったんです」

荘介の表情がふっとゆるんだ。

「思い出の味ですね。どういった失敗だったんですか？」

「全然固まってなくてドロッとしていて、見た目もなんとなく不気味で、甘くもなく、生温かくて、唯一良かったのはつるんとしたのど越しだけでした」

散々な言い様だが昴の表情は優しい。失敗プリンの思い出は大切なものなのだろう。

お菓子のことを楽しそうに語る昴の言葉を、荘介は優しく微笑んで聞いている。先ほどまでの堅い態度が嘘のように消えていた。

「親父は料理なんてしたことないのに、俺が風邪で熱を出して寝ていたときに作ってくれたんです。あとで聞いたら、玉子酒の代わりにと思ったそうです」

「なるほど。それはよく効いたでしょう」

「すぐ熱は下がりました。ただ、親父にうつりましたけど」

「それはすごい。究極の風邪の治し方を実践されたんですね」

昴は楽しそうに笑う。

「そうか。そうなのかもしれません」

昴の笑顔に負けないほど、荘介の表情もほがらかになった。

「失敗作のプリンのご注文、うけたまわりました」

「よろしくお願いします」

深々と頭を下げて昴が帰っていってから、久美は荘介に尋ねてみた。

「失敗作を再現するっていう注文、荘介さんは嫌じゃないですか？」

「大丈夫ですよ。大切な思い出のお菓子を再現させてもらえるのはすごく嬉しいことですから」

久美が荘介を見上げると、優しく微笑んでくれた。無理な注文を通してしまったのではないとわかって、ホッと胸を撫でおろした。

昴が注文した思い出の失敗プリンを作る日、荘介はこぶたプリンの数をいつもより少なめにした。今日はきっと昴はこぶたプリンを買わないだろうから、その分を差し引いたのだ。

こぶたプリンは『お気に召すまま』では珍しく、子どもをターゲットにした素朴な味わいのお菓子だ。

材料は卵、牛乳、白砂糖、バニラエッセンス。

それとべつにカラメルソース用に甜菜糖《てんさいとう》を使う。

まずは、カラメルソースから作っていく。

小鍋に甜菜糖と水を入れ弱火にかける。

そのまま気泡が立ってくるまで触らずにおく。

火が通りはじめたら鍋ごと静かに揺すって、とろみがつくまで煮詰める。

火から下ろして鍋肌に沿って少量の湯を足し入れ、やや濃い飴色に仕上げる。

プリン型に入れて、ある程度冷ましておく。

カラメルが固まりきる前に、プリン本体を作る。

卵、牛乳、白砂糖をよく混ぜて、三回濾《こ》す。

なめらかになったプリン液をカラメルの上にそっと注ぐ。

蒸し器で蒸しあげ、蓋をしたまま蒸らす。

ある程度冷ましてから、こぶたの顔の抜き型を置き、粉砂糖を振りかける。

出来上がったプリンのこぶたは、誰にでも美味しく食べてもらえると疑うこともないようで、暢気な顔で笑っていた。


昴は予約した時間ぴったり、午後三時にやって来た。

「おやつは三時って考えてるの、小学生みたいだよな」

「そんなことないよ。私も三時だと思う。でも、十時に食べるのもいいよね」

久美と昴がおやつ談義を交わしている間に、荘介はプリン作りを進めている。注文が〝生ぬるい〟状態なため、作り置きができなかったのだ。

失敗プリンは卵、牛乳、砂糖だけで作る。

玉子酒の代わりということは、この他にバニラエッセンスやカラメルソースなどはなかっただろうという判断だ。

どろりとさせるために、牛乳は通常の一・五倍。

卵はあまり混ぜすぎず、濾したりもしない。

牛乳と卵液を合わせてから、色が均一にならないように、ゆるく混ぜる。

白砂糖は卵一個に対して小匙《さじ》一杯だけ。

あっという間に出来上がった卵液を、湯飲みに入れて湯煎にかける。

軽く混ぜながらとろみが出たら火を止め、三十秒ほど放置する。

湯から上げて少し冷ます。

二つの湯飲みを茶托にのせて、イートインスペースまで運ぶ。


「お待たせしました」

荘介が厨房に引っ込んでから十分ほどしか経っていない。

なにやら久美と話が盛り上がっていた様子の昴は、名残惜しそうに会話を切り上げた。

視線を落とし、自分の前に置かれた湯飲みを見て、目を丸くする。

「そうだ、湯飲みだった、親父が作ったやつも！　なんでわかったんですか？」

「玉子酒の代わりということで、カップよりは湯飲みの方が雰囲気が出ますから」

「この、なんとなく色が混ざりきっていないって感じの見た目もそっくりです」

スプーンで掬うと、とろりとこぼれていくが、卵酒よりは固まっている。昴はほとんど啜るようにして口に入れた。

「これだ！　この味です。うわ、懐かしい」

荘介は久美にも失敗プリンを勧めた。久美は昴が感激する味を楽しみに口に入れて、

「う」と唸る。

昴が言った「固まってなくてドロッとしていて、見た目もなんとなく不気味で、甘くもなく、生温かくて、唯一良かったのはつるんとしたのど越し」そのとおりの味だ。はっきり言ってしまうと美味しいとはとても思えない。それでも昴は嬉しそうに、すべてつるんと食べきった。

「このプリン、作るのは難しいですか？」

「いえ、お菓子作りをしたことがない人でも簡単に作れますよ」

「そんなものをプロにお願いしちゃったのか。すみません」

「とんでもない」

荘介は美しい笑顔を見せる。

「僕はいつでもどんなお菓子でも、作りたくてしかたないんです」

その答えにホッとしたようで、昴も笑顔になる。

「でも、これ、ほとんどお菓子じゃないですよね」

「お父様は飲み物というイメージで作られたのかと思いまして。そうするとこのプリンは、これで完成型だと思います」

「そうか、おやじ的には成功だったのか」

荘介と昴は和やかにプリンについて語りあっている。久美はその会話を聞いているような、いないような、ぼんやりした状態で考え込んでいた。

このプリンは、風邪のときの飲み物としては成功だったかもしれない。けれど、お菓子としては完全に失敗作だ。他の人が作ったのなら別だ。それで喜ぶ人がいるのなら、久美も文句はない。

けれど、荘介のお菓子なのだ。どんなお菓子でも美味しく、それでいて客の求めるものを作ってみせる。それが荘介のモットーなのではなかったか？

昴はひと言も「美味しい」とは言わない。荘介は、本当にそれでいいのだろうか？

「久美ちゃん、どうかした？」

昴が久美の表情をうかがう。

はっと我に返った久美は曖昧な笑顔で「なんでもない」とだけ答えた。

昴は自分のためにと言って、こぶたプリンを一つだけ買った。はたして美味しいと言うだろうか。無理して飲み込むのではないだろうか。

そんなことを考えて、久美は売りたくないと思った。だが、それを言ってしまっては自分はこの店に勤める者として失格だ。

複雑な気持ちで粉砂糖で描かれた気楽そうなこぶたの顔を見つめながら箱に詰め、昴に渡した。


帰り際、昴は久美に話しかけようかどうしようかと迷っているようだった。だが、久美は今はなにも聞きたくないと、つい目をそらしてしまった。

「……また来るよ」

「お待ちしております」

そう言って久美は頭を下げた。長いお辞儀だった。昴はまた口を開きかけたが、結局、なにも言わずに帰っていった。


どうして失敗作のプリンを作ってほしいなどと荘介に伝えてしまったのだろう。どうして昴の注文は〝美味しいお菓子〟ではなかったのだろう。お菓子を食べずに生きてきたって、どこかに美味しいと思うものはあるはず、荘介ならそれを作れるのに。世界中の誰にでも、荘介のお菓子を美味しいと言わせたいだけだったのに。

考えても起きてしまったことはしかたがないし、そもそも昴が食べたいと思ったものを否定するのは八つあたりでしかない。注文するように勧めたのは、久美自身なのだ。

「もう！　だめだだめだ！」

久美は両頬をぱんと叩いて気合を入れた。

「考えるな、感じろ！」

映画の中の格闘家の有名なセリフで自分に喝を入れて、かたづけの残る店内に戻っていった。

闇のお菓子

店に入ってきた途端、昴はショーケースの前に立ちふさがった。真っ直ぐに久美を見つめる昴の視線の強さが、久美の動きを止めた。

「ズルいかもしれない。俺が自分でお菓子を美味しく食べられるようになったらって言ったのに。まだ俺はお菓子が苦手なままだ。でも、言わせてほしい。もうこのままでいるのは嫌なんだ」

成宮昴は真っ直ぐに久美を見つめた。

「好きです。付き合ってください」

久美は突然の告白に頭がついてこず、凍ったかのように固まってしまった。昴は久美がなにか言うのを辛抱強く待っていた。

しかし久美が口を開くより先に、カランカランとドアベルが鳴った。常連の女性客が入ってきて「こんにちは」と久美に明るく挨拶する。久美は慌てて普段の接客用の表情を取り戻した。意識して女性客だけに視線を向けて、昴を見ないようにしてしまう。昴はしばらく久美を見つめたが、それ以上口を開くことなく店を出ていった。

知らず緊張していた久美は、よろけそうになった足をふんばってこらえた。

＊＊＊

久美がぼんやりと宙を見ていると、急に目の前に手のひらがニュッと現れて、ぬめりと動いた。

「きゃっ」

一歩、あとずさる。ショーケースの向こうに藤峰透《ふじみねとおる》が立っていて、よろよろと力なく手を振っている。

「驚くやんか、急に！」

久美の苦情に藤峰は驚き、目を丸くした。

「本当に気づいてなかったの？　無視されてるんだと思った」

「なにそれ。それより、忍び込むのは、やめてくれん？」

「いや、ちゃんと普通に入ってきたよ。ドアベルだって鳴ったしさ、声もかけたよ」

そう言われてドアの上部を見上げると、ドアベルはまだ、わずかに揺れていた。

「客に気づかないなんて、職務怠慢だね」

「……ごめん」

久美が素直に謝ると、藤峰は目を見開いて驚いた。いつものように、こってりした博多弁で猛烈な反論がやってくると期待していたのに。学生時代のことを思い返しても、久美が藤峰に謝ったことなど今までなかったように思えた。

「ど、どうしたの。具合でも悪いの？」

「べつに、元気やけど。なんで？」

藤峰は久美の顔を正面から、右から、左から、下からと、じろじろ観察した。久美はぼんやりとそれを眺めている。

「……恋わずらい？」

「はあ!?」

ずれているような、言い方は違うが方向性はずばりあたっているような、そんな藤峰の指摘を久美は大慌てで否定する。

「恋わずらいとか、してないし！」

「えー、うそお。どう見ても恋に悩んでるって顔してたわよお」

「なに、その乙女っぽい喋り方。しゃきっとせんね」

藤峰は、わざとくねくねと身をよじってみせる。

「だってえ。久美より、僕の方がずっと乙女心わかってるしい」

「うっとうしい！」

両手を振り上げて藤峰を威嚇《いかく》しようとしたところで、ドアベルがカランカランと音を立てた。

見ると、入ってきた昴と目が合った。久美は大慌てで両手を背中に隠す。

昴はぽかんと口を開けたが、久美がばつが悪そうにしていると、何事もなかった、なにも見なかったというように振る舞うことに決めたらしい。はにかんで恥ずかしそうな笑顔を浮かべた。

「こんにちは、久美ちゃん。久しぶり」

「こ、こんにちは……」

消え入りそうな声を出して逃げるように、じりじりと店の奥へ奥へと移動していく久美と、久美を眩しげに見つめてショーケースに向かって歩きだそうとしている昴を見比べていた藤峰が、「やあ、やあ、やあ」とやけにほがらかに言いながら昴に近づいていく。

「初めまして、僕、藤峰透といいます。よろしくー」

無理やり昴の手を取ってブンブンと強く振る。握手のつもりのようだが、勢いが強すぎて昴は面食らい、挨拶さえ返せずにいる。

「君、久美の彼氏？」

久美の口から「は？」と小さな声が漏れでたが、二人には聞こえなかったようだ。昴の顔にみるみる血が上る。

藤峰がそれを面白がっている様子がありありとわかる。普段は猫背なのに今はしゃっきりと姿勢がよく、自信なさげな表情は消え、人の悪い笑みを浮かべている。

「藤峰！　なに言っとるん……」

「ち、違います」

久美と昴が同時に口を開いた。チラリと視線が合う。久美は顔を伏せ、昴は真っ赤な顔のままで藤峰と向きあった。

「違います、まだ」

「ほうほう。まだ！　違うんだ」

異様に「まだ」の部分だけを強調して、藤峰はニヤつく。

「えーっと。あの。藤峰さんは、久美ちゃんとはどういう……」

「あ、僕はただの高校時代の同級生なんで気にしないで。それより、もしかして君、久美のこと好き？　ラブ？　告っちゃう？」

「藤峰！」

久美の怒号にも怯むことなく、藤峰は昴に迫り寄る。昴は押し切られるような形でじりじりとドアの方へ後退していく。

だが、しっかりと藤峰の視線を見返してはいる。

「告……っちゃいました」

「告っちゃったかー！」

藤峰は世間話が大好きなおばちゃんのような勢いで、ずいずいと昴の肩を押している。

昴は押されるままに下がり続ける。

「なんて言ったのー。告っちゃったとき、なんて言ったのー」

どう聞いても興味本位というより、明らかにからかっている口調の藤峰に、昴はいたたまれなくなったようで「また来ます！」と叫んで店から出ていった。

久美はあっけにとられて見ていたのだが、藤峰が「ふう」とため息をついたのを聞いて我に返った。

「ふ、藤峰！　あんた、なんてことを、なんてことを……」

久美はそれ以上言葉が出てこず、唇をぶるぶる震わせている。

「『なんてことを言うんだ』って言いたいの？　それとも『お客さんを逃がしてなんてことをしてくれたの』の方？」

「両方よ！」

藤峰は見たこともないような毅然とした態度で、久美の目をしっかりと見る。

「久美は、告られて困ってたんだろ」

ずばりと言いあてられて、久美は黙り込んだ。

「困ってるっていうか、なんて言えばいいのか全然わからんけん……」

「それは、断りたいっていうこと？」

「断りたいっていうか……」

「イエスかノーで言えばどっち？」

「イエノー……」

どちらともつかない中途半端な返事に、藤峰がため息をつく。

「どう返事したらいいかってさ、ずばっと言えばいいだけなんだけどね」

「ずばっとって、例えば？」

「好きです。あるいは、嫌いです」

「き、嫌いじゃないし」

「好きでも嫌いでもないから断れないって、子どもじゃないんだからさ」

久美はムッとして反論しようとしたが、それもなんと言っていいかわからず、むくれたまま黙り込んだ。

「久美はもっと気楽に考えなきゃ。好きとか嫌いとか、深く考えるものじゃないよ」

「でも、真面目に言ってくれてるんだから、私も真面目に考えないと……」

「だからって返事を棚上げして期待持たせすぎるのもあれだし。だったら、言うことが決まるまで、まだ二人きりで会わない方がいいんじゃないかな」

「藤峰、あんた、そんなこと考えてくれたの」

久美が心底驚いたという顔をすると、藤峰は胸を張ってみせる。

「当然だよ。友達じゃないか」

「……ありがと」

藤峰は鼻先で「ふっ」と小さく笑って無駄に長い前髪を払ってみせる。

「やっと、この僕の優しさに気づいたみたいだね」

「うん。なんであんたみたいな貧相な男を、あんなにきれいな陽《よう》さんが好きになったか、わかった気がする」

「だろ？　陽さんは人を見る目があるからね」

恋人の星野《ほしの》陽の名前が出て、途端にデレッと鼻の下を伸ばした藤峰が「そうだ！」と叫び、ゆるんだ頬を、さらにゆるませて店から駆けだしていった。

あっけにとられてドアベルが鳴るのを聞いていたが、藤峰の奇行はいつものこと。久美は仕事に手をつけようとした。

だが、先ほどの昴の言葉が思い起こされて、ぼうっとしてしまう。

「違います、まだ」

昴は、久美のことが好きだとはっきり宣言したのだ。その返事をまだ返していない。お付き合いするということも恋人がいる状態がどういうものかも、久美には想像がつかなくて、想像もつかないままにノーと返事をすることに罪悪感を抱いている。返事をいつまでにと約束したわけではない。けれど、いつまでも曖昧にしておくわけにもいかない。

考えても答えは出ずに、久美は堂々巡りの思考に捉われて動けない。

目の前で藤峰の手のひらが、ぬめりと揺らされて、はっと我に返った。

「久美、君にすばらしいプレゼントを持ってきたよ」

そう言って藤峰は四枚持っていたうちの二枚のチケットを、久美の鼻先に突きだした。久美はちょっと顔を引いて受け取ったチケットの券面を読み取る。

「『福岡市動植物園きっぷ』？」

藤峰は得意げに、自分も二枚のチケットを天高くかざしてみせる。

「動物園に行こう！」

「はあ？」

「久美はさっきの彼にチケットを渡す。僕は陽さんに渡す。当日、駅で待ち合わせ。さあ、これがどういうことか、恋愛経験の少ない久美にわかるかな？」

「……ダブルデート」

「あたりー！　じゃあ、今度の日曜日、行けるかどうか彼に確かめといて」

「ちょ、ちょっと待って！　なんで急にダブルデートなんよ。私、陽さんと面識ないんやけど」

「あ、そっか。陽さんには、今夜久美に電話してくれるように頼んどくから」

「それはいいんやけども、そうじゃなくて」

「なにさ」

平然としている藤峰になんと言えばいいのか悩んだ久美は、しばらくパクパクと意味もなく口を開け閉めした。藤峰は黙って根気強く待っている。

「……私、昴くんと、つ、付き合ってないし……」

「だから、付き合ってない男の子とでも、ダブルデートなら緊張しないだろ。久美はもっと恋愛経験値を積まなきゃ。まずは一緒に時間を過ごしてみる、返事はそれからで十分だよ」

「そうなの？」

「そ。まずはお互いをよく知るところからだよ。どうせ久美のことだから、大好きじゃないと付き合ったらいけないんだわー、とか、付き合ったりしたら結婚とか考えなくちゃいけないのかしらーとか、ドリーミーなことを考えてるんだろ。そんなの考えすぎなんだよ」

「う……」

現実への対応力がゼロだと思っていた藤峰から、まさか恋愛指南を受けることになるとは夢にも思っていなかった久美は、伏し目がちに頷くことしかできない。

「だいたい、久美だってデートくらい高校時代にしてたじゃないか」

「え！　そんな経験ないよ！」

「うわあ……。松本《まつもと》のやつ、かわいそう」

「松本くん？　サッカー部の？　松本くんが、どうかした？」

「デートしてたよね、何度も」

「してない、してない。だって松本くんとは、ただの友達だもん」

藤峰は大きなため息をつく。

「いいよ、いいよ。久美はこれから恋愛を知っていけばいい。僕と陽さんが手本になってあげるよ」

ハッと久美が目を見開く。

「のろける気だ！　イチャイチャを見せつけて、のろける気だ！」

「まあ、そんな気もなくはないけどさ。それより、本当に心配してるんだよ。久美はびっくりするくらい、自分で自分のことわかってないからさ」

いつもなら全力で否定するのだが、昴の問題を抱えてからの自分を振り返ると、藤峰に言われたとおりでしかない。反論などできようはずもなかった。

「だから、経験値を積もう。わかった？」

「……はい」

久美は素直にこくりと頷いた。

帰宅して、ベッドに座って、陽からの電話をぼうっと待っている。

このところ、どうしてもぼんやりしてしまって、そういうときには必ず昴のことを考えてしまう。

困っていた。もちろん、昴のことは好きだ。けれどそれが、友達以上としてかというとそうではないのだ。

告白されてから三日、昴は店に顔を出さなかった。今日やって来たのは、きっと答えを聞くことを期待してのことだ。

藤峰がいなかったら、自分はどうしていただろう。もし強く押し切られていたら、どうしただろうか。そのとき、もし、荘介がいたら？

「荘介さんが気にするはずないやん……。私と昴くんのことなんか」

荘介のことを考えると、途端に、もやもやした気持ちが湧きでてきた。荘介が昴のために失敗作のプリンを作ってやったこと、それを自分は納得できていないこと。昴に対する気持ちをはっきり言葉にしようとすると、失敗プリンのことが頭をよぎる。

荘介に中途半端なお菓子を作らせたのは昴の責任ではない。すべて久美が昴に勧めたせいだ。自分のせいだ。だから、昴の気持ちを蹴ると思うと、八つあたりしているような気になるのも、困っている理由の一つだった。

電話が鳴った。思考がぷつりと途切れた。

なにを考えていたんだっけ。

ぼうっとしたまま、それでも手は毎日の習慣に従って電話を取った。

「はい、お気に召……、あ、すみません。斉藤です」

聞こえてきたのは、落ち着いたメゾソプラノの透き通るような声だった。

「こんばんは、初めまして。星野陽です」

ひと声で心をすべて持っていかれた。陽の写真を見て美しい人だと知ってはいる。藤峰が何度ものろけるので、優しい人だとも知っている。だが声を聞いて、想像がどれほど現実に追いついていなかったのかを理解した。

電話の向こうにいるのは、きっと天使だ。

「もしもし、久美さん」

聞きほれて、ぼうっとしていた久美は慌てて背筋を伸ばした。

「は、はい！」

「透さんから、いつも聞いていて、お話ししてみたいと思っていたんです。今日は電話に出てくださってありがとう」

「とんでもない！　藤峰はどうせ、私のことなんか、けちょんけちょんに、くさしてたでしょ？」

「まさか。大事なお友達だって、いつも言っているわ。本音で話せるって」

きっと、藤峰がどれほど悪しざまに言おうと、この人の耳にはすべてが清らかな音楽のように聞こえているに違いない。そう思わせるほど、陽の声はきらめいているようにさえ感じた。

「久美さん、悩みがあるんですって？」

そう聞かれただけで久美は泣きそうになった。初めて話した人だというのに、なにもかも聞いてほしくて、きっとなにを話しても受け入れてくれると思えて、久美は昴のことを語った。

本当は昴の人柄や見た目や性格の良さなど語るべきことはいくらでもあったのに、久美の口から出たのは、プリンのことだけだった。

昴が美味しいと言うことができない『お気に召すまま』のこぶたプリンのこと、美味しくない失敗プリンを荘介に作らせる結果になってしまったこと。

これだけを話すのでは不公平だ。昴の良いところを隠して悪い部分しか伝えないなんて、不公平だ。

だが、久美はそれ以上の言葉を紡ぎだすことができない。

久美が黙り込んでしまうと、電話の向こうからなにかフワリと優しい空気が漂ってきた気がした。

「きっと、すごく素直な人なのね、成宮さんって」

陽は穏やかに言う。

「真っ直ぐで、自分を飾ることがなくて、相手にも同じように素直であるようにさせてしまう人」

なにも言わなくても、陽はわかってくれる。どれだけ隠そうとしても陽には筒抜けだ。そしてなにを言っても、陽は微笑んでくれるだろう。

「私、美味しそうに食べる人が好きなんです」

「そうなの」

「だけど、昴くんはお菓子が苦手で、私はまだ昴くんが美味しいって言って笑った姿を一度も見たことがなくて。それも、本当は納得できていなくって」

「うん」

「どうしたらいいんでしょう。私、わからないんです」

「大丈夫よ。久美さんなら、きっと。今はまだ迷っているのでしょうけれど、落ち着いて自分をよく見たら、わかるわ」

「落ち着いて……」

「時間をかけて、ゆっくり考えましょ。だから日曜日は楽しみましょうね。リラックスしてみんなで。ね？」

陽の言葉はどこまでも優しく深く響く。久美は泣きそうになりながら「はい」と返事をした。


土曜の閉店近い時間に店へやって来た昴に、久美は無言のまま藤峰からもらったチケットを差しだした。

昴は手に取って「動植物園」と不思議そうに呟く。久美は自分も手にしているチケットをかざして見せた。

「え……、それって、デートに誘ってくれてるの？」

昴のきらきらした瞳を見て、久美は慌てて言葉を継いだ。

「藤峰が！　あの、先日、昴くんに無礼な態度を取った男が、陽さんと！　あの、四人で！　日曜日、あの、えっと」

しどろもどろな久美を、昴はプッと笑った。

「わかった。日曜日、四人でだね。陽さんって、誰？」

「藤峰の恋人。天使なの」

「天使なのか」

質問もせずに優しく笑顔で聞いて、昴は「楽しみにしてる」と、いつもどおりプリンを買って帰っていった。

店の外まで見送りに出て、久美は一気に力が抜けて、へなへなとしゃがみ込んだ。膝に顔をうずめてじっとしていると、秋の夕日が頭のてっぺんを照らしているのが、暖かさでわかる。

できることなら、立ち上がって夕焼けの一つも眺めたいのだが、気力を使い果たして動けない。

「久美さん？」

呼ばれて顔を上げると、放浪から帰ってきた荘介が駆け寄ってくるところだった。

「どうしたんですか、体調でも悪いんですか？」

久美は慌てて立ち上がる。

「いえ、大丈夫です！　元気です！」

荘介は心配そうに眉を寄せた。

「途中で成宮さんと出会いましたが、なにかあったんですか？」

なにかは、あった。嵐のようにいろいろなことがやって来た。なにもかも全部、話してしまいたかった。

「久美さん？」

でも、荘介には話せない。荘介にだけは。いつもならどんなことも気楽に話せていたのに。

いつからだろう、荘介に話せないことができたのは。

「大丈夫です」

久美は無理をして笑ってみせた。秋の夕日で逆光になった荘介の表情はいつもとは違って、どこか余裕がないようにも見えた。なにかを聞かれているようにも、荘介が無言でなにかを伝えようとしているようにも感じる。

だがそれがなにか、今の久美には考えることができない。未曽有《みぞう》の日々に翻弄されてなにもかもが言葉にならない。

ただ、荘介に心配はかけたくなかった。

「大丈夫ですから」

笑顔を見せて呟いた。

日曜日は駅で集合することになった。久美は早くに目が覚めてしまい、予定時間より三十分も早く待ち合わせ場所にやって来てしまった。

曇っていて、いつ雨が降ってきてもおかしくない空模様だ。傘を持ってきた方が良かったかなと思ったが、取りに戻るほどの時間はない。雨が降ったら濡れればいいやと、なげやりに考えた。

「久美ちゃん」

遠くから呼ばれた。そちらに顔を向けると、昴が大きく手を振っている。久美は小さく手を振り返した。

「おはよう、早いね！」

「昴くんもね」

腕時計を見た昴が「まだ二十分あるなー」と笑う。

「ちょっと張り切りすぎたかも」

「そうだね」

顔を見合わせて笑う。さっきまでの曇り空のような気持ちが、ふっと晴れた。昴の笑顔を見ていると、胸のもやもやが消えてなくなるようだ。

他愛のない話をした。昴が学校で聞いた面白い話だとか、お店に来た変わったお客さんのことだとか、藤峰の失敗談だとか、明るく話せることは山ほどあった。

久美は学生時代に戻ったような、はしゃいだ気持ちでお喋りしていた。

「君たち、おはよう！」

藤峰の気合の入った声に二人して振り返った。昂の動きが一瞬、止まった。藤峰と手をつないで歩いてきた陽に目を奪われている。

長い黒髪に透き通るような白い肌、すらっとした体形をしている。今にもふわりと宙に浮かびそうなほど軽やかに歩く。

写真で陽の美貌を知っていた久美でさえ、思わず口をぽかんと開きそうになるほど驚いた。実物の陽は光り輝いているように見えた。

「おはようございます」

陽の声は電話越しに聞いたときよりずっと美しかった。いつまでも聞きほれていたいが、そういうわけにもいかない。

ショックから先に覚めた久美が「この間はありがとうございました」と話しだし、昂も呪縛が解けたかのように動きだした。

四人で自己紹介をしていても、昂の目は陽に釘づけだった。無理もない。久美は手に取るようにわかる昂の気持ちに大きく頷いた。

「どうしたの、久美さん」

陽が首をかしげると、長い黒髪がさらりと肩から滑りおちた。胸の前に垂れたさらさらした髪を見つめながら、久美は素直な感想を口にした。

「陽さんって、天使ですよね」

「そうなんだよ！　久美もようやくわかってくれたか！」

藤峰が感激もあらわに久美の両手をとってぶんぶんと振った。久美は嫌そうに顔をしかめた。昴が、久美の手を離さない藤峰を怖い顔で見ながら口を挟む。

「そろそろ行きませんか」

「そうだね、いやあ、動物園、楽しみだなあ！」

上機嫌の藤峰は陽の手をしっかりと握って改札を抜けていく。

久美と昴の目が、一瞬、合った。昴は久美の手を見下ろしてなにか言いたげだったが、久美は気づかなかったふりをして改札を通った。

移動中、藤峰と陽は完全に二人の世界にひたっていた。

これでは四人で来た意味がないではないかと、前を歩いていく二人をうらめしげに見ている久美に、昴が尋ねた。

「久美ちゃんは、藤峰さんとは仲がいいの？」

「仲ねえ。悪いとは言わないけど、いいとは言いたくないかな」

「なにそれ」

昴がおかしそうに笑う。

「仲がいいって言っちゃうと、あいつは図にのりそうだからなあ」

「そうなんだ。じゃあ、秘密にしておくよ」

「秘密って。仲は良くないってば」

「あれ、悪くはないんだよね」

「普通よ、普通」

「じゃあさ」

恥ずかしそうに俯いて昴はぼそりと呟く。

「俺とは、すごく仲いいよね」

「そうだね」

久美が即答すると、昴は耳まで真っ赤になった。

あれ？　久美は違和感を覚えて昴の赤い頬をじっと見つめた。

なんだろう。今、自分が言ったことが間違っていたような気がする。

そんなわけないのに。昴とはすごく気が合うし、話していると楽しいし、本当に仲がいいと思う。

わざわざ聞く必要なんかないだろうに……。

「あ！」

久美の大声に昴がびくっと肩を揺らす。

「な、なに？」

「いや、えっと、あの、その」

昴が言った「仲がいい」が友達以上のなにかを指していたのではないかと遅まきながら気づいた久美は、なんとか言い繕えないかと慌てた。だが、一度口から出た言葉は戻らない。

いや、大丈夫だ。昴だってそんなに深い意味で聞いたわけではないだろう。その期待を込めて昴を見上げると、昴は顔じゅうに「？」を張りつけたような、いぶかしげな表情だった。久美はごまかすようにニイッと笑ってみせた。

福岡市の動物園と植物園は隣接していて、どちらも自由に行き来できる。電車とバスを乗り継いできた四人は、動物園前というバス停で降りた。

午前中のまだ早い時間だが、動物園は家族連れで賑わっている。

小さな子どもたちに混ざってライオンを見たり、ゾウに手を振ったり、ヘビ舎で「怖い！」とぎゃあぎゃあ騒いだり、久美は久々に心の底から笑った。

植物園に移動する前に昼食にしようと、休憩所でテーブルを一つ確保した。男子二人が買い出しに行っている間に、陽が久美に「どう？」と話しかけた。

「楽しめてる？　無理はしていない？」

「全然、無理なんてしてないです。こんなに、遊んでるぞ！っていう実感のある遊び方は久しぶりです」

陽は、うふふと笑ったが、すぐに真顔に戻った。

「あのね、電話したときに聞かなかったことがあるの」

「なんでしょう」

「久美さんが悩んでいるのは、成宮さんのことだけじゃないんじゃない？」

どきっとした。今まで考えないようにしていた、誰にも話したことがないことを指摘されて視線が泳いだ。

「なんで、そう思うんですか」

陽は優しい目で久美を見つめる。その澄んだ瞳は久美の心の奥深くまで見通しているようだ。

「美味しいものを作ってくれる人のこと、久美さんはなにも話さなかったけれど。きっと悩んでいるのは、その人に無理な注文をしてしまったことで、成宮さんを嫌いになりそうなことに罪悪感があるからなのね。その人が作りだすものを一番に考えているということなのね」

びっくりした。昴に対して感じるもやもやを的確に言い表わされていた。

自分が話したごちゃごちゃしたことを、陽はきれいに解きほぐしてみせてくれた。

そうだ、問題の中核はそこにある。荘介に失敗プリンを作らせたこと、それを自分が望んだこと。

荘介のお菓子が誰からも美味しいと言われるものだと信じて疑わず、それを自分が望んでいること。昴は失敗プリンを「懐かしい」とは言ったが「美味しい」とは言わなかったこと。

いつもなら見えていることなのに、陽に言われて初めて思いいたった。

「昴くんのために無理をさせたこと、後悔してる？」

「そう……かもしれません」

久美は口を閉ざし、陽は久美の手を優しく握った。

「ゆっくり考えればいいわ。自分のことって、見えないもの。人はね、明かりに照らされた自分の影を見て、初めて自分がどんな姿なのかわかるのだもの」

「影、ですか？」

「知ってる？　蛍光灯でできた影は青白いの。夏の太陽でできた影は真っ赤よ」

「影に色があるんですか？」

「そう。だから、自分の影を見てみたら、自分を照らしているものがなんなのかわかるわ。ようく目を凝らしてみて」

陽は藤峰が紙コップを四つ無理やり持っているのを見つけて、手助けにいってしまった。久美はコンクリートの床に伸びる自分の影を見つめた。曇天の弱々しい光でできた影は、コンクリートと同化しそうな薄い灰色だった。

その影にポツリと黒い点ができた。ポツリ、ポツリ、雨がコンクリートに黒く染みを作っていく。

「久美ちゃん、屋根のあるところに避難しよう」

両手に皿を抱えた昴がいつの間にか側に立っていた。昴の影も久美と同じ、ぼんやりとした灰色だった。お揃いだ。久美と昴はどこか似ている。

陽の影はきっと、パールホワイトだ。藤峰と並んで歩いているときには、きっと薄いピンクが混ざるだろう。

自分の影は何色か。本当に灰色なのだろうか。自分も昴も灰色なのは、どんな光を浴びてできた影を背負っているからなのだろう。

久美はぼんやりと昴を見上げた。昴は黙って微笑んだ。久美も微笑み返す。

「久美ちゃんは嫌いな食べ物ってある？」

「ううん、ないよ」

「そっか。大人だな」

昴は軽い口調でそう言った。

「大人なんかじゃないよ」

陽を見てわかった。自分は本当になにも知らない、なにも見えていない子どもだ。

「情けないよ。ちゃんと、いろんなこと考えなきゃいけないのに」

俯いてしまった久美に、昴が言う。

「俺の前ではさ、子どもでいてよ。俺が久美ちゃんを守るから」

照れたような昴の表情を見ていると、ふっと笑いが込み上げてきた。

「なに？　なにかおかしかった？」

くすくす笑いながら久美が言う。

「私の方が年上なのに、昴くんの方がずっとしっかりしてるんだもん。もう、笑うしかないよ」

昴は困ったように目を泳がせたが、すぐにしっかりと久美を見つめた。

「歳なんか関係ないよ。俺は久美ちゃんに頼られるようなやつになるから」

今度は久美の視線が泳ぐ。久美は自分の足許の影を見つめた。なんと返事をしていいのか、影は黙りこくったまま、なにも教えてはくれない。

久美は顔を上げた。昴の視線は真っ直ぐで正直だった。

その正直さが今の久美にとっては重たく痛かった。だが、同時に優しい気持ちもくれるのだ。

「昴くん、ありがとう」

灰色の影に雨粒があたって、少しずつ黒く染まっていく。


雨は次第に強さを増した。植物園まで行くのは諦めて帰ることになったのだが、売店の傘は売り切れだった。

陽と昴がそれぞれ折り畳み傘を持っていたので、四人は二つの傘に分かれてバス停に向かった。

前を歩く藤峰と陽は、ぴったりと寄り添っている。雨のおかげで普段よりも近づけることを喜んでいるのだろう。

久美と昴の間には、わずかな隙間がある。傘を持つ昴の右腕は硬くなって、ガチガチだ。傘はできるだけ久美の方に差しかけて、昴の左肩はすっかり濡れていた。

「昴くん」

久美が傘を昴の方に押しやる。

「風邪ひくよ」

昴は傘を左手に持ち変えると、久美の肩に右手をかけてぐいっと抱き寄せた。

「こ、こ、こうしたら大丈夫だから！」

久美の目が落ちそうなほど見開かれた。

どうしよう、どうしよう、どうしよう、どうしよう！

救いを求めて藤峰の背中を見るが、陽と並んでまっすぐ歩いていく。周囲のことなんか絶対に見えていない。

藤峰のバカチン！　なにがWデートなら大丈夫だ！

走っていって飛び蹴りを食らわせてやりたかったが、昴の手が肩にかかっていて動けない。

もどかしさに肩にかかる昴の手を見ると、その手が震えていることに気づいた。

「ぷ」

思わず噴きだした自分の口を、慌てて両手で押さえる。昴が顔をそらして、そうっと手を引っ込める。

「あ、ごめん！　ごめん、昴くん！　笑うつもりじゃなかったの！」

「いいんです……」

昴はなぜか敬語で呟き、久美からそっと距離をとった。久美は昴の腕を引っ張って傘を奪い取る。

「ほら、こうすれば大丈夫だから！」

小柄な久美が一生懸命に腕を伸ばして傘を差しかける様子を見て、昴の口許に笑みが戻った。

「俺、やっぱり久美ちゃんが好きだよ」

不意打ちの言葉に久美は真っ赤になって、傘を昴に押しつけた。

全力で走りだし、藤峰の背中にキックをお見舞いしてそのまま通り過ぎ、バス停まで駆けていった。

翌日からも昴は変わらず『お気に召すまま』に通っていた。ただ、以前と違うのは、閉店間際にやって来て久美を待ち、送って帰るところだ。

久美がいくら送る必要はないと言っても、昴が「俺のわがままに付き合わせてごめん」と言ってひどく落ち込んだので、断れなくなってしまったのだ。

さらには、こぶたプリンだけに限らず売れ残った生菓子があればそれを、なければ焼き菓子をいくつか買って帰る。

「近所の友達が味を占めて、わざわざ取りにくるんだ」

嬉しそうに言う昴に、久美は困ったように笑ってみせる。

「食べないなら買ってくれなくてもいいのに」

「いいんだ。俺がそうしたいんだから」

昴は嬉しそうに笑う。久美は昴の言葉に強い違和感を感じたまま、昴と並んで歩いて帰る。

その強い違和感がどこからくるのかわからないまま、日は過ぎていった。

「久美ちゃん、どうかしたのかい？」

梶山に声をかけられて、久美はハッと顔を上げた。

「なんだかぼんやりしてるけど、なにかあった？」

「いえ、なにも。なにもないですよ」

久美は慌てて首を振る。

「まあ、久美ちゃんのことなら、荘介くんがいるから大丈夫だね」

「う」

久美は呻いたが、幸運なことに梶山には聞こえていなかったようだ。

なぜか荘介の名前が出てきてうろたえた自分に気づいて、さらにうろたえる。

なぜ、ここで荘介の名前が出てくるのか。いや、出てきて悪いわけじゃない。出てこない方が不自然なんじゃないか？

いやいや、不自然ってなんだ？

昴のことと荘介は関係ないじゃないか。

だけど、荘介も昴のことを知っているのだし。

いや、でも、だけど……。

いろいろな言葉が脳内を駆け巡ったが、どれも意味をなしてはいなかった。

「どうかしたかい、久美ちゃん」

梶山が不思議そうに、うろたえている久美を見ている。

いけない、仕事をしなくちゃ。ぶるる、と首を振って考えないことにした。

カランカランとドアベルを鳴らして、夕方のいつもより早い時間に、荘介が店に戻ってきた。

「久美さん」

荘介に呼ばれ、久美は慌ててドアの方へ振り返る。昼間、梶山と話したことが急に蘇ってきた。

「あ、はい！　はい、なんでしょう」

冷静さを取り繕おうとしたが、視線が泳いでしまう。

「成宮さんがいらしてますよ」

荘介の後ろから、昴がひょっこりと顔を出した。突然のことに久美の動きが止まった。

荘介はそんな久美の姿に気づかなかったような顔をした。

久美は目を泳がせる。自分が昴と一緒に帰っていることを荘介がどう思っているのか、ずっと気になっていたのだと気づいた。だが、荘介はなんの表情も浮かばない顔で、久美とも視線を合わせない。

昴は満面の笑みを浮かべて片手を上げている。久美は曖昧な微笑みを返した。

「久美さん、今日はもう上がっていいですよ」

「え……？」

荘介はショーケースを見ている。少なくなってはいるが、まだ完売はしていない。

「でも、まだ商品が……」

「俺が買うよ。全部」

久美は荘介から昂に視線を移す。昂は屈託なく笑っている。荘介が重ねて言う。

「もう上がりでいいですよ」

「はい、わかりました」

久美の返事を聞くと、荘介は厨房に入っていった。なぜかほっとして荘介の後ろ姿を見送る。荘介が今なにを考えているのか知りたかったが、知るのが怖い気持ちも同時に湧いてきていた。

残った生菓子をすべて箱詰めしていると、昂が久美に話しかけた。

「あのさ、日曜日なんだけど、どこか出かけないかな。天気がいいみたいだから、植物園でもいいし……」

「昂くん！」

久美は慌てて、昂の言葉を途中で食い止めた。

「商品はこちらで間違いないでしょうか！」

昴は戸惑いながらも頷き、会計を終えた。久美は昴が話しかける暇を与えまいと、急いで梱包して紙袋を昴に押しつけた。


簡単にかたづけをして、店を出る。昴がお菓子の袋をぶら下げて隣に並ぶ。

その袋が妙に重そうに見えて、久美は申し訳なさとともに、苛立ちも感じた。

「昴くん。本当に、食べないならお菓子は買わなくていいから」

目をそらして言う久美に、昴は眉を寄せ困ったような顔になる。

「もしかして、迷惑なのかな。俺が買い占めるの」

「迷惑なんかじゃないけど、美味しく食べてもらえないんじゃ、お菓子がかわいそうだから」

「それなら大丈夫だよ。食べるのはお菓子好きなやつだし」

久美がぴたりと足を止めた。

「お菓子が好きなら自分で買いにくればいいじゃない。タダでもらえるから喜んでるだけで、荘介さんのお菓子を選んで食べてるわけじゃない」

久美の強い口調に、昴は驚いて黙り込んでしまった。久美は自分の口から突然飛びだした言葉に驚いて足が止まった。

「ごめん、久美ちゃん。俺、そこまで考えてなかった」

昴が謝ることにも久美は驚いた。昴はなにも悪くない、いいお客様だ。でも一度気づいてしまった苛立ちは、簡単には消えてくれない。

「俺、がんばってお菓子を食べるよ。だから……」

「がんばってお菓子を食べるって、変でしょう」

久美は眉根を寄せて怒ったような顔で昴を見る。

「お菓子は美味しいから食べるものだもん。好きだから食べるものだもん。嫌いだったら無理して食べる必要なんかないじゃない」

「でも俺」

昴は久美の笑顔を取り戻そうと言葉をつくす。

「親父のプリンを店長さんが作ってくれて、すごく嬉しかった。懐かしかったし、また食べたいと思ったよ」

久美は顔を背けて、きつい視線で地面をにらむ。

「わざと失敗作を再現するなんて、荘介さんらしくない。荘介さんが作ったお菓子は、食べた人みんなが美味しいって言えるはずなの」

昴は困って黙り込んでしまった。久美はハッとして昴の顔を覗き込む。

「ごめん。私が無理やり注文させたのに。悪いのは私だね」

「そんなことないよ」

昴は優しい。久美が望めば、どんなお菓子でも美味しそうに食べてくれるだろう。

だが、それではだめなのだ。心から食べたいと思ってほしい。荘介は食べた人が幸せになれるお菓子を作れる人だ。思い出を再現するだけではだめなのだ。

荘介のお菓子を美味しくないと思う人がいることがゆるせなかった。荘介のお菓子を世界中の人に美味しいと言わせたい。

過去を振り返って立ち止まったままでいる人を荘介が見過ごすなんて嫌だ。

荘介にはいつも前を、光の差す方を見ていてほしい。そうして作った荘介のお菓子は誰かの力に、明日へ向かう力になってくれるのだと久美は信じていた。

「昴くん。もう一度、お願いします。荘介さんのお菓子を食べてほしい。絶対に、昴くんが美味しいって言うお菓子を、荘介さんが作るから。だから、お願いします」

久美は深く頭を下げた。昴は慌てて久美の肩を押して顔を上げさせる。

「わかったよ。もう一度、注文する。俺が美味しく食べられるお菓子、作ってください。そう店長さんに伝えてほしい」

久美は昴の目をしっかり見ると、キリッと口を引き結んで強く頷いた。

「その必要はありません」

翌朝、昴からの伝言を聞いた荘介は硬い口調で言う。厨房の温度が急に下がったように感じるほど、冷たい声だった。

「お菓子を必要としない人に無理に食べさせる。そのことに、僕は意義を感じません」

「でも、昴くんは本当に美味しいお菓子を食べたことがないから、知らないから興味も持てないだけだと思うんです」

久美は両手をぎゅっと握って、荘介の目を真っ直ぐに見つめる。荘介はお菓子作りの手を休めず、久美の方を見てはくれない。

「私、荘介さんのお菓子は世界中の誰からも愛されるって信じてます。誰でも荘介さんのお菓子を食べたら幸せになれるって。だから、荘介さん。作りましょう！　世界のどこにもない、私たちだけのお菓子を」

荘介はぴたりと動きを止めた。

「私たちだけのお菓子……？」

小声で呟いた荘介は遠くを見るような表情で調理台を見つめた。まるでそこに初めて生まれた大切なお菓子があり、それを慈しむかのように。

「久美さんは、僕に言ってくれた言葉を覚えていますか？」

「言葉？」

「アムリタを作ったときです。過去に囚われて動けなかった僕に、久美さんが世界中のどこにもない〝僕だけのお菓子〟を食べたいと言ってくれた。だから僕はもう一度前に進めた」

荘介は真っ直ぐに久美を見つめる。

「今は〝私たちだけのお菓子〟と言ってくれるんですね」

荘介の言葉に久美はしっかりと頷いてみせる。

「私も『お気に召すまま』の一員ですから」

「久美さんは、いつも僕の背中を押してくれますね。この店のモットーを、どんなお菓子でも、誰からも美味しいと言われるお菓子を作るんだっていうことを、思いださせてくれる」

「私は絶対に忘れません。荘介さんのお菓子が世界で一番おいしいっていうこと。私が一番に荘介さんのお菓子を食べられるんだっていうことも」

荘介は優しく微笑んだ。何度も見たことがある、いつも久美に注がれる笑顔。

「作るよ、何度でも。久美さんが隣にいて試食してくれるなら僕はどんなお菓子だって作ることができる」

久美の力強い瞳に背中を押されるように、荘介は背筋を伸ばした。

「さて」

荘介はパンと手を打った。

「それでは、僕たちの新しいオリジナルのお菓子を作っていきましょうか」

「はい！　荘介さん！」

久美の顔に笑顔が広がる。止めようとしても止まらない。胸の奥深くから湧いてきた笑顔だった。

それからの荘介は毎日、楽しそうだった。外へサボりに出ることもなく、一日中、レシピの考案と試作に明け暮れた。

朝一番に店のお菓子を作りあげると、あとは厨房に籠っている。久美が帰るときもまだ働いているので、厨房に顔を出して声をかける。荘介は顔も上げずに「はい、お疲れさまでした」と返事をする。久美はその横顔をじっと見つめる。

わくわくした。荘介がお菓子作りに感じているわくわくと同じくらい、いや、それよりもずっと心躍っているだろう。

誰よりも先に、誰よりも近くで荘介のお菓子が生まれる瞬間を見ることができる。それ以上に幸せなことなどない。他のなににも代えられない。

久美はその瞬間に立ち会うために、この店で働いているのだから。


ある日は和菓子、ある日はドイツ菓子、ある日は久美が名前も知らなかった遠い国のお菓子、荘介はオリジナル菓子の参考にとさまざまなお菓子を作り、ショーケースの中身は日替わりで、客の反応はさまざまだった。

いつもと違うことに戸惑う人、新しいものに目を輝かせて買っていく人、そして、なんの反応もしない人も。

昴はお菓子が変わったことにすら気づいていないようで、いつもと変わらず残ったお菓子を買っていく。

「俺でも美味しく食べられるお菓子は楽しみだけど、それとは別に、やっぱりお菓子は買いたいからさ」

そう言って閉店間際にやって来て、久美と一緒に店を出る。

荘介の新作を楽しみだと言ってはいるが、昴にとってお菓子を食べるということは、やはり本心ではそれほど楽しみなことではないのだろう。お世辞だとわかるような口ぶりなのだった。

そのたび、久美の心には闘争心が湧く。

荘介のお菓子を食べて、「美味しい」と言って笑ってほしい。お世辞ではなく心から。

絶対にそう言わせてみせる。

心の中でこぶしを握り締めた。


昴に誘われて動植物園に二人で行くことを久美が了承したのは、昴をより知ってお菓子作りに役立てたいという下心あってのこと。昴もそれには気づいているようだ。

あいにく雨がぱらつく日だった。木も花も日の光を遮られて、弱々しい影を落としている。雨から逃げて温室に足を運んでみると、天気に左右されない植物たちが静かに迎えてくれた。

驚くほど多種多様な蘭や、水生の植物、スイレンなども生き生きとしている。

湖沼植物の次のスペースに入るとサボテンが群れていた。長いもの、丸いもの、尖っているもの、棘のないもの。

ぼんやり歩いていると、昴が「あ」と声をあげた。

「アロエがあるよ。サボテンの仲間じゃないのにね」

「え、違うの？」

久美は暑さと湿気で朦朧《もうろう》としながら答える。昴は植物名のラベルを指さした。

「ほら、アロエは、ツルボラン亜科だけど、サボテンはサボテン科だろ。育て方も特徴も違うよ」

「昴くん、植物に詳しいの？」

「いや、キダチアロエとサボテンだけ。趣味で育ててるんだ」

久美は、ほー、と感心した。

「あれ、笑わない？」

「え、なんで笑うの？」

「話すとだいたいみんな笑うんだよ。ジジ臭いって」

「いいと思うけどな。アロエっていろいろ使えて便利だし」

昴の顔に、パッと笑みが浮かぶ。

「だよな！　薬にもなるし。うわあ、良かった。絶対笑われると思ってたんだ」

「サボテンはなにに使うの？　ステーキにして食べたり？」

昴は楽しそうに答える。

「食べないよ。サボテンは観賞用。食べる用のサボテンは、すごく大きくなるから」

「そうなんだ。アロエは食べるの？　苦いよね」

「食べるというか、うん。胃薬に。すごく苦いけどね」

久美は、はっとして顔を上げた。

「昴くんは胃腸が弱いのかな」

「そう。小さい頃からさ。だからかな、お菓子が苦手なのは」

昴がお菓子を食べないことには理由があった。これは有力な情報だ。お菓子作りの大きなヒントになる。

「胃腸が弱かったのは子どもの頃のことだし、最近はもう惰性なんだよ。べつにアロエがなくても困りはしないんだ」

昴が抱いているお菓子への苦手意識を打開する手がかりを得て、なお一層、お菓子を食べさせたいと思う久美の闘志が燃え立った。

植物園も動物園もくまなく歩いて、夕方やっと帰路につく。

久美の家まで昴が送ってくれた。暗い道を歩きながら昴がためらいがちに、申し訳なさそうに言う。

「店長さんのお菓子さ。完成しなければいいなって思ってる」

久美は驚いて目を剝いた。

「どうして？　やっぱり、お菓子を食べるのは嫌なの？」

「そういうことじゃないんだ。そうじゃなくて」

昴は寂しそうに笑った。

「俺が満足したら、久美ちゃんが遠くに行っちゃいそうな気がするんだ」

ドキッとした。今日の下心のことが申し訳なく、目をそらした。昴もどこか遠くに視線をやって、久美をしっかりと見ることができないようだった。

居心地の悪い沈黙のまま、久美の家の前までやって来た。

久美はほっとして足を止める。

「じゃあ、またね」

昴は軽く手を挙げて歩きだす。

「昴くん！」

久美が呼びかけると、昴は振り返った。すごく寂しそうな顔をしている。

久美はなにか、慰めるようなことを言ってやりたいと思った。だがふさわしい言葉は出てこなかった。ただ静かに手を振った。

「さよなら」

「うん、さよなら」

昴はやはり寂しそうに手を振って帰っていった。


最近は毎日、二、三種類は試食をしている。夕方になると、厨房からひょっこりと出てきた荘介が楽しそうに言う。

「久美さん、試食してもらえますか」

どれも美味しくて独創的なのだが、久美はどの味も昴には受け入れられないのではないかと感じる。

そのたびに荘介は、久美から聞いた昴の情報をもとに新しいお菓子を作る。それはそれは楽しそうに。

「荘介さん。私の試食で決めてしまっていいんですか？　私、正しく判断できているか自信がないです」

荘介は深く頷く。

「久美さんは僕がもっとも信頼する試食人です。久美さんが味を見てだめだというなら、それはだめなんです、僕にとって。だから遠慮なく意見を聞かせてください」

期待が重い。だがそれ以上に、信頼が嬉しい。

久美は全力で味わって考える。

けれど久美の口からは、どこかぼやけた、良いのか悪いのか判然としない言葉しか出てきてくれない。

荘介もそれに気づいていたらしい。ある日、少し変わったことを提案した。

「今日は、成宮さんの好みのことではなくて、久美さんが食べたいもののことを考えてみましょう」

「私のですか？　でも、それじゃあ……」

「久美さんは、成宮さんのことを知っています。僕よりもずっと」

植物園に行った日の昴の寂しそうな顔を思い出して、気が重くなる。

「それは……、そうですけれども」

「ならば、僕よりもずっと成宮さんの好きな味を知っている。そのうえで、久美さんが美味しいと思うなら、それがきっと正解です」

昴に申し訳ないと思う。自分が好む味を無理やり好きだと言わせようとしているような気がして。

それでもやはり、荘介のお菓子を食べさせたい気持ちは変わらない。


久美は一生懸命、昴のことを考えた。

いつも買ってくれるこぶたプリンは、甘くてだめだったと言っていた。

甘いものはフルーツなら食べられるけれど、特別好きなわけじゃない。

胃腸が弱くて、すごく苦いのにアロエを食べて育った。

久美は自分のことを考える。

子どもの頃から『お気に召すまま』のお菓子が大好きで、美味しそうにお菓子を食べてくれる人が大好きだった。食べたいものはいつだって荘介が作るもの。

みんなに食べさせたいものも、荘介が作るもの。

久美はあらためて出来上がったばかりのお菓子をじっと見つめる。

一辺が五センチほどの大きさの正六面体、さいころ型の真っ黒なお菓子。一見チョコレートケーキのように見える。

つるりとした表面はチョコレートコーティングだ。

さいころの上部、天面には金粉でキラキラした三日月が描かれている。中身はふんわりとした真っ黒な淡雪。

フォークを入れるとすぐに感じるのは、チョコレートのとても薄い繊細さ。それがぱりんと割れて、中の淡雪にフォークが触れると、ふわりと揺れるようだ。

口に入れるとチョコレートはさっと溶ける。甘みはほとんどない。

ココアと胡麻の香りがする黒い淡雪もとろけて、すうっと消える。

口の中に残るのはわずかにピリッとした刺激。

「山椒《さんしょう》？」

「あたりです。チョコレートに加えています」

「口の中で溶けてしまうのに、刺激は長く残りますね。それと、チョコレートの苦みの中に不思議な甘さがあります。この味、なんだか懐かしい気持ちになります」

「甘みにはリコリスを使いました。甘みが強いのでほんの少しだけ」

二口、三口と食べているのに、ふわりふわりと口の中で消えていって飲み込んだという感覚もあまりない。それでいて口中に残る刺激と甘さは、お菓子が夢ではなく、確かにそこにあったというしるしのようだ。

嘘のように見えなくなって消えてしまうけれど、確かに存在するもの。

「まるで夜みたいです」

「このお菓子の名前は『フィンスターニス』。ドイツ語で〝闇〟という意味です。リコリスも山椒も体を温めます」

「暖かな闇。闇って聞くと、暗くて重くて寒そうなのに、荘介さんにとっては違うんですね」

「闇があるからこそ光が見える。その暖かさは、どんなに小さな光も見逃さない久美さんそのものです」

「私？」

「僕はお菓子を嫌いな人を目の前にしても、好きになってくれるように努力もしなかった。それじゃいけないって久美さんがまた教えてくれました。暖かな、僕たちが目指すべき場所を示してくれた」

久美はもう一度、フィンスターニスを口に入れる。

目を閉じると、じわりと広がるのは優しさ。真っ暗な中にはっきりと感じる温かさと、お菓子に対する情熱。そして、自分の影。

荘介が作りあげた、フィンスターニスに描かれる月のような光を受けてできる久美の影は金色に輝いていた。今まで見たこともないほど美しい影だった。

久美はしっかりと目を開けた。

「荘介さん。私はこのお菓子が大好きです。このお菓子はきっと受け入れられます」

きっぱりと久美が言いきるのを聞いて、荘介は満足げに微笑んだ。

お菓子ができたと連絡をした。昴は昼過ぎにやって来た。

「店長さんは？」

「今日は出かけています」

昴はどこかほっとしたような様子で、いつもの席に座った。コーヒーとフィンスターニスを置くと、昴はまじまじと観察した。

「チョコレートケーキ？」

「チョコレートでコーティングしてるけど、中身は違います。淡雪です」

「淡雪ってなに？」

「食べてみて」

勧められるままに昴はフィンスターニスを口に入れた。その瞬間、目を丸くして動きを止める。

「美味しい。ふわふわしてる」

久美はこっくりと頷く。

「これが、荘介さんが昴くんのために作ったお菓子。これなら満足してもらえるって私は思ったの」

「大満足だよ。まさか本当に美味しいと思えるお菓子が食べられるなんて。これなら毎日でも食べたいよ」

「淡雪は泡立てた卵白と寒天で作るんだけど、荘介さんが作ると本当に雪みたいに消えるの。そして残るのは暖かさ」

「暖かい雪か。まるで魔法だね。この店そのものだ」

久美は満足感と同時に、また罪悪感を覚えた。

「昴くん、お話ししたいことがあるの」

笑顔が返ってきた。昴は優しく微笑んでいた。

「もう少し、待ってくれないかな。せめて、このお菓子を食べてしまうまで。それまでは久美ちゃんを一人占めしてもいいかな」

こくりと頷くと、久美は店のドアにかかっている札を裏返す。「営業中」から「仕込み中」に変わった札が、硬い鍵のようにドアを閉ざす。

今だけ、店は昴の貸し切りになった。

昴の前の席に座る。しっかりと昴を見つめる。昴はゆっくりと大切にフィンスターニスを食べ終えた。

「本当に美味しいなあ。優しい、温かい気持ちになるよ。久美ちゃんはずっとこんな気持ちで、ここで働いてきたんだね」

「うん」

「だから、久美ちゃん自身もすごく温かい人なんだね。このお菓子を作る人が、すぐ側にいるから」

「昴くん」

久美は言わなければならないことを伝えようと昴を見つめた。だが、久美が口を開くより早く昴がはっきりとした声で言った。

「ねえ、もう一度、言うよ。久美ちゃんの口から、はっきりした返事が聞きたい」

昴は静かに言う。

「好きです。付き合ってください」

久美は静かに頭を下げる。

「ごめんなさい。私には好きな人がいます」

昴は、ほっ、とため息をついた。

「俺、その返事がくるの、わかってた気がするよ。だから、慌ててたんだ。無理やりお菓子を買いにきたりさ。急げば久美ちゃんのその気持ちが固まってしまう前にかっさらえると思ってたんだ。バカだなあ、俺」

久美は顔を上げて、昴の視線を真っ直ぐに受け止めた。

「店、閉めてくれてありがとう。もう、行くよ。営業妨害は終わり」

元気よく立ち上がって、昴は伸びをした。

「あー、なんか胸いっぱいって感じがする。お菓子が美味しいと、こんなに幸せな気分になれるんだなあ」

そう言いながら、昴の目は真っ赤で今にも涙をこぼしそうだ。久美は昴をしっかりと見つめた。昴も真っ直ぐに久美の目を見る。

笑顔を浮かべようとしているのだろう、頬に力が入っている。だが笑みを見せることができないまま、昴は俯いた。


久美は静かにドアを開けた。

カランカランとドアベルが鳴る。昴が店を出ていく。

「ありがとうございました」

久美は精一杯の気持ちで昴を見送った。

昴はフィンスターニスを全部食べて、美味しいと言ってくれた。

久美のために嘘をついたのではなく、本心から。

それは久美へのエールのようだと思う。優しすぎる昴からの、最後のエール。

昴のエールを受けて、自分は恐れずに先へ進むことができるだろうか。

久美はきゅっと唇を引き結ぶと昴が去った方角へ、もう一度頭を下げた。

ドアに掛けている札を返す。

『営業中』

この店を守って、この店の味を作る人を守って、生きていきたい。ずっと。

久美は自分の影を見下ろした。『お気に召すまま』の店内の灯りでできた影は、温かな優しいオレンジ色をしていた。

久美が初めて抱いた淡い恋心のように、ひっそりと輝いていた。

貝の中で眠るシンデレラ

「え！　荘介？　あんた、なんでいるのよ！」

店に入ってきた安西由岐絵《あんざいゆきえ》が、開口一番叫んだ。しゃがみ込んでショーケースの温度設定を調整していた荘介は、憮然とした表情で答える。

「僕が自分の店にいたら、悪いの？」

由岐絵は、壁にかかっているアンティークの時計を見上げて身震いする。

「今、二時よ。こんな時間に荘介がいるなんて、悪いことが起きる前兆だわ」

「失礼だな、由岐絵は。そっちこそ、今日は配達は頼んでないけどなにしに来たの」

八百屋『由辰《よしたつ》』を一人で切り盛りしている由岐絵は、『お気に召すまま』で使う果物や野菜を一手に引き受けて、いつも新鮮なものを届けてくれる。

荘介と幼馴染みで『お気に召すまま』のことにも詳しい。もちろん荘介のサボリ癖のことも熟知している。

そういった生活態度も含めて、いつも荘介は一方的に由岐絵から小言を食らっている。

だが今日は真面目に働いているという自負があるためか、果敢に反論していた。由岐絵に口で勝てるわけがないということを、長い付き合いで学んでいるはずなのに。久美は由岐絵が次に繰りだすお小言を、半分笑いながら待っていた。

「今日は、野菜じゃなくて、招待状を持ってきたの」

「招待状？」

久美は、意外な言葉とともに由岐絵がポケットから無造作に取りだした封筒を受け取った。こってりとした濃いピンク色の封筒だ。

表書きは〝ご招待状〟とだけ。裏面には『オリジナルジュエリー・エリュシオン』と書かれていた。

「宝石屋さんですか？」

裏表と見返しながら久美が尋ねると、由岐絵は「そ」と短く答えた。

「由岐絵と宝石にかかわりがあるとは思えないんだけど」

荘介もやって来て会話に加わる。由岐絵は左手の結婚指輪を二人に見せつけて、不敵に笑う。

「どんな女性にも宝石が関係ないなんてことはないのよ。女性は生まれたときから宝石の可能性を持っているの」

そう言って、得意気に豊満な胸をそらした。荘介が怪訝な顔をする。

「なに、宝石の可能性って」

「光り輝く原石ってことよ」

二人のことは関知せず、久美はさっさと封を開けた。封筒の中には二つ折りのカードが入っていた。

久美が荘介の袖を引っ張り、カードを開いて見せる。

「ジュエリーフェアだそうですよ、荘介さん」

カードを覗き込んで荘介が内容を読みあげる。

「エリュシオン新作発表会。大規模な宝石屋さんなのかな、会場が総合体育館だよ」

久美が首をかしげる。

「体育館でジュエリー？」

「あそこは広いから、いろいろな展示会も行われているけれど。宝石は珍しいかもしれないね」

仲良く盛り上がっている二人を、由岐絵が不気味な笑顔で眺めている。それに気づいた荘介が眉をひそめた。

「由岐絵、目が怖いよ」

「あらやだ。優しく見守ってあげているのに」

「なにかたくらんでいるときの顔だよ」

由岐絵は手で顔を覆い、横を向き低い声で、おどろおどろしい発音で喋る。

「タクラミナド～、ゴザイマセンワ～」

「え……、やだ。由岐絵さん、また怪談を始めるんですか？　呪いの宝石が出展されるとか、そういう話ですか？」

おののく久美を見て、由岐絵は破顔した。

「あはは、怪談しようかと思ったけど、やめておくね。久美ちゃんが怖がる顔が見られたから。今日持ってきたのは、仕事の依頼よ」

久美が飛びつかんばかりの勢いで由岐絵に迫る。

「お仕事ですか！　ありがとうございます！　どんなご依頼でしょう！」

「もう、久美ちゃんは働き者なんだから。かわいいぞ」

久美のおでこをツンとつついて、由岐絵は招待状を取りあげた。

「ほら、ここに書いてあるでしょ、この来場者プレゼントのお菓子。これを頼みたいんだってさ。エリュシオンの社長さんが」

「ひょおおおおおお！」

久美がどこから出しているのか、甲高い声で歓声をあげる。

「総合体育館で展示会！　その来場者にプレゼント！　これは相当な数のご依頼なのでは！」

「うーん、残念だけど、想像よりはちょっと少ないんじゃないかな」

同情を感じさせる由岐絵の口調に久美が唇を尖らせる。

「えー、なんでですか」

「ほら、先着百名様にって書いてあるでしょ」

指さされたところを見て、久美はがっくりと肩を落とした。

「なんだあ。二千個くらいの注文かと思ったのに」

荘介が苦笑いする。

「いやいや、そんなにたくさん注文がきても困るよ。作るのは僕一人なんだから」

久美は「あ」と言って荘介を見上げ頷いた。

「そうでした」

由岐絵は久美の肩を軽く叩いて慰めてやりながら、荘介に向きあう。

「本当は別のお菓子屋さんに頼んでたらしいんだけど、パティシエが急病なんだってさ。お菓子のコンセプトだかなんだかの資料を預かってきたから。それに合っていれば好きなものを適当に作っていいらしいよ。予算も結構余裕あるみたいだし」

　またポケットから畳まれた用紙を取りだす。

「由岐絵はなんでもポケットに入れるクセを治した方がいいよ」

「いいじゃない、べつに。害はないって」

　そう言った由岐絵に、荘介は広げた資料をつきつける。

「お店の写真がくしゃくしゃで見えないんだけど、これは害じゃないのかな？」

「あちゃ」

　由岐絵はかわいらしくペロリと舌を出してみせたが荘介は見なかったふりをする。

「ごめんねー。紀之《のりゆき》にもう一度撮ってきてもらうわ」

「宝石屋さんにご縁があるのは紀之さんなんですか？　ジュエリー好きだなんて、意外です」

「いやいやー、うちのクマ旦那は石より団子よ。なんか仕事の取引先なんだとさ。なんか難しい機械の、なんか難しい部品を交換しに行ったんだって」

「なんか、ばっかり言ってるね」

　荘介がちゃちゃを入れようとしたが、まるきり無視された。

「で、そこでお茶うけに『お気に召すまま』のお菓子が出てきたんだってさ。そういう意味では、紀之よりも、この店の方が縁は深いんじゃない？」

久美が目を輝かせる。

「すごい！　運命的ですね！　もうこの仕事、勝ったも同然ですよ！」

興奮して鼻息まで荒くなっている久美は、ショーケース裏のカウンターに駆け寄って領収書の控えの束をめくりだした。エリュシオンの名前を探している。

「うーん、ないー。領収書は書かなかったのかなあ」

あっという間にふくらんだ興奮は、あっという間にしぼんでしまった。荘介はあまり興味がないようでショーケースに肘をついてぼんやりと久美を見ている。

「誰かからもらったお菓子かもしれませんし。そう躍起になってご縁を探さなくてもいいんじゃないですか」

由岐絵が、大仰に目を剝いて、呆れたぞという顔をする。

「夢がないわあ、さすが荘介」

「どうせ、僕の頭は宝石よりも固いよ」

「女の子なら、一度は運命の赤い糸に憧れるもんよ。ねえ、久美ちゃん」

呼ばれて顔を上げたのだが、なんと答えていいのか思いつかない。赤い糸というものを信じているわけではないし、強く憧れていたこともない。

それでも、うっすらとは、そういうものもあるのかな、自分にもあるといいなと期待することはあった。

だが、それを今ここで肯定するのは気が引けた。荘介が聞いていることが気になって返事ができない。赤い糸を信じているわけではないのに、話題にするには気が重いのはなぜだろう。

頭の隅でそう感じながら、久美は「えーっと」と呟いた。

「久美ちゃんも夢がなーい」

返事がないのを興味がないものと判断したらしい。由岐絵は大きな声でそう言うと、なぜか荘介の背中をバーンと叩いた。

「痛いんだけど」

痛みにもだえている荘介の言葉は由岐絵に届かなかったようだ。手を振ってさっさとドアに向かう。

「とりあえず。お菓子、よろしくね。写真はまた持ってくるわ」

荘介の視線から逃れることができてほっとした久美は、帰りかけている由岐絵を追いかけてドアを開け、外まで見送りに出た。

ドアが閉まりきって店内に声が聞えなくなったのを確認してから、由岐絵がそっと久美に尋ねた。

「久美ちゃん、なにか荘介に言いにくいことがある？」

聞かれてもわからなかった。言いたいことがあるのか、言うべきことがあるのか、自分がどうしたいのか、それすらもわかっていないのだ。

久美が答えられずにいると、由岐絵は久美の腕を優しく撫でた。

「また隼人《はやと》に会いに来てよ。最近、お義母さんが新しいベビーウェア送ってきたからさ、ファッションショーしよう」

久美は俯きがちに笑顔を浮かべた。いろいろな思いが渦巻いて言葉は出てこなかった。

無理に話を聞かない由岐絵の気遣いが嬉しい。

元気よく帰っていく由岐絵に、小さく手を振った。


店内に戻ると、もう荘介は厨房に移動していた。顔を合わせなくて済んだことになぜかほっとして、そんな自分に首をひねる。

最近、自分の気持ちがわからないことが多い。なんでこんなに荘介と話しづらいと思うんだろう。

荘介が話を聞いてくれないということはあり得ない。今までどんなことだって話してきたのに、いったい、どうしてなんだろう。

胸の底にある淡い思いが、ぽっと光った。話しにくいのは、この気持ちと関係があるだろうか。昴の前でこの気持ちを宣言したからだろうか。もっと深く考えてみようとしたけれど、光はすぐにどこかに隠れて見えなくなってしまった。

小さな小さな生まれたばかりの光だというのに、それすら久美の手にあまる。これがもっと大きくなってしまったら、いったいどうすればいいのだろう？


翌日、荘介はさっそく、お菓子の試作に入った。と思ったら、材料を揃えるより先にレシピノートを持って久美のところにやって来た。

「久美さん、次の三つのうちから一つを選んでください」

「え、クイズですか？」

小首をかしげた久美に、「まあ、そんなものです」と答えて、荘介は指を一本ずつ立てながらノートに書きつけた文字を読みあげる。

「一、あこや。二、クイーンコンクシェル。三、磯のアワビの片思い」

「へ？　磯の？」

久美は耳に手をあてて聞き返す。

「もう一度言いましょうか？」

「お願いします」

「一、磯のアワビの片思い。二、あこや。三、クイーンコンク……」

「ちょっと待ってください」

久美が手をつきだして待ったをかける。

「さっきと順番が違うじゃないですか」

「まあ、順番には、さして意味はないですから」

適当なのかい、それならこちらもそれでいいかと久美は適当に答えた。

「じゃあ、三番で」

「わかりました。クイーンコンクシェルですね」

「なんですか、それ」

荘介はノートを閉じて、顔より少し小さいくらいの楕円を両手で示してみせた。

「このくらいの大きさにまで成長する貝です。日本ではコンク貝と呼ばれます。その中でもピンク色が濃いものが、クイーンコンクシェルです。巻貝なのですが、真珠が採れます。真珠も濃いピンク色をしています」

「はあ」

「身はとても美味しいらしく、サラダなどで食べられるそうです。クイーンコンクシェルの殻も、カメオの材料として使われます」

久美は、ぽんと手を打つ。

「ああ、エリュシオンのお菓子用の蘊蓄ですか？」

「べつに、蘊蓄を語るために三択で選んでもらったわけじゃないですよ。宝石箱を作るためです」

荘介の言葉に眉をひそめた久美が宙を見上げてから、いぶかしげに尋ねた。

「宝石箱を？　作るんですか？」

「そうです。エリュシオンからの依頼内容が、宝石箱のお菓子ということでしたので、作ります」

久美はまた手をぽんと打った。

「お菓子で作るんですね。ＤＩＹして、鏡とかオルゴール付きの箱を作るのかと思いました」

「実際の宝石箱を作っても、僕は入れるものを持っていませんから」

「それはそうですね。ところで、お菓子の宝石箱の中にはなにを入れるんですか？　中身もやっぱり、お菓子ですか？」

荘介は腕組みして考え込む。久美はしばらく待ってみたが、長くなりそうだったので、自分の仕事に戻った。

ふと気づいたときには荘介がいなくなっていた。厨房を覗いてみると、調理台の上にレシピノートが置いたままになっているので、放浪に出たのではなさそうだ。

久美はレシピノートを手に取った。開こうとして、しばらく躊躇した。見て悪いものではないが、勝手に見るのは気が引ける。やめておこうかと思ったが、手は勝手にノートを開いた。

書かれているのは久美もよく知っているお菓子たちだ。このノートから生まれてショーケースを彩っている。荘介が考えて、工夫して、『お気に召すまま』の味になっていった。このノートは、このお菓子たちは、荘介のかけがえのないものなのかもしれないとふと思う。

『お気に召すまま』自体も大事だろうけれど、そこにお菓子がなければ、なんにもならない。先代から受け継いだものも、特別注文の品も、もちろん定番商品も、どれも荘介が愛情をこめて作るのだ。それぞれのお菓子には嬉しい思い出も、愛着も、もしかしたら苦い思い出もあるかもしれない。

　荘介が大切な人を失って、オリジナルのお菓子を作れないほどの痛みを抱えていたこともある。あれほどお菓子作りに熱中している荘介が、お菓子を作れなくなるほどの思いとは、どれだけ強いものだったのか。

　辛くても苦しくても手放せなかった思いとは、どれほど大切なものだったのか。

　荘介に聞いてみても、どれだけくわしく話してもらっても、久美には本当のところはわからないだろう。

　苦しんでいる荘介を側で見ていることしかできなかった自分を思いだすと、今でも無力さに落胆するくらいなのだ。

　でも、それでも知りたいと最近は思う。理解できなくても、苦しくなっても、荘介のことを知りたいと思う。荘介のすべてを。


「ただいま」

　声をかけられて慌ててレシピノートを調理台に戻す。振り返ると、買い物の荷物を抱えた荘介が、にこりと笑った。

「由岐絵のところでエリュシオン店内の写真をもらってきたよ。見ますか？」

「え、あ、はい」

なぜかレシピノートを見ていたことを隠したくて顔を上げられない。荘介はそんな久美の様子には触れずに、プリントされた写真を久美に手渡した。

顔を伏せたまま写真に目を移して、久美は明るい声をあげた。

「わあ、きらびやかですね」

写真で見ただけで目がチカチカするほど豪奢《ごうしゃ》な部屋だった。

部屋の隅に立つ柱は、古代ギリシア建築のコリント式のデザインを模しているようだ。植物の葉をモチーフに手入れの行き届いた植え込みのような意匠がこってりと、柱上部に刻まれている。

壁も絨毯もうっすらとしたピンク色で、目に優しいとは言い難い。大きな窓にレースのカーテン、壁際に、これまた装飾が多いバロック調のソファが据え置かれている。

そんな部屋の中央に、ぽつんと一つだけ小さな展示棚があるようだ。

「テレビで見ると、宝石屋さんって壁際にぎっしりガラスケースが並んでますけど、このお店は違うんですね」

「こっちの写真にはケースの中の展示品が写っているよ」

荘介が見せた写真には展示棚のアップが写っていた。大きなアルバムが一冊。

置いてあるのはそれだけで、宝飾品は一つもない。開かれているページには、きらきらとした指輪の写真がずらりと並んでいる。

「目録だけを見て買うんでしょうか」

「見たいものがあったら、お店の奥から持ってくるのかもしれないね。防犯のためにはいいやり方かもしれない」

久美は力強く頷く。

「厳重に守られてるんですね」

「真珠のようだね」

荘介の言葉に、久美は首をかしげる。

「守られてるんですか？　真珠って。なにに？」

荘介は買い物の荷物を解きながら答える。

「固く閉じた貝殻の中、やわらかな貝の体内の奥の奥にあるんだ。まるで閉じ込められたお姫様のようじゃないですか？」

「ファンタジックですね」

「はい。エリュシオンからの注文が〝女性向きで、華やかな、夢のある物語に出てくるような宝石箱〟というものでしたので、ファンタジックな方向で考えてみました」

真面目な顔で夢のある世界を語る荘介が面白くて、久美は小さく笑った。機嫌よさげに荘介がレシピノートに手を伸ばす。

「先ほどの三択だけど」

久美が見ていたページよりずっと後ろ、最新のページを開く。

「ファンタジーを三種類考えていたんだ。宝石箱の中身は真珠にしようというのは決めていたんだけれど、貝をどうするか迷っていて」

「真珠貝って三種類もあるんですか？」

「いや、三種類どころじゃないよ。もっといろいろな種類の貝でできる。アサリやシジミから出てくることもあるそうだよ」

久美の目がギラリと輝く。真珠ハンターになったかのようだ。

「アサリをいっぱい食べなくちゃ」

「かなり確率は低いらしいけれどね」

「いえ、世の中は確率で動いているわけではありませんから」

久美の目の輝きはちょっとやそっとでは、衰えない。

「久美さんも、由岐絵のように運命論を語るんですね」

「いいえ、運命ではありません。気合で真珠を引きあてるのです」

口調まで普段とは変わってしまった久美に、荘介は「そうですか」と、ごく軽い返事をしてレシピノートを閉じた。

久美はしばらく宙をにらんでアサリのことを考えていたが、荘介がレシピノートをしまったことに気づいて質問を繰りだした。

「三択の三種類の貝って、なんでしたっけ？」

「コンク貝の他は、アワビとアコヤ貝を考えていたんです」

「アコヤ貝？」

「真珠貝とも呼ばれていて、養殖もされているよ」

「あとの一つ、アワビって、食べるアワビですか？」

「そのアワビです。アワビから取れる真珠はいわゆる真珠色ではなく、殻の内側の色、青や緑を基調にして虹のように輝きます。ほとんどが半球形だそうだよ」

久美は「アワビも食べなくては」と呟く。荘介は静かに頷いてやった。

「磯のなんとかというのはなんだったんですか？」

「磯のアワビの片思い。アワビは殻が半分しかないことから、片思いの例えに使われるんだ。万葉集にもそんな歌があるそうだよ」

「片思いの真珠……」

久美は真球になれなかった半球状の真珠を思った。青緑がてりてりと輝く、その美しさがもの寂しい。真っ白な光を放つような真珠とは違う、鈍い重みを感じさせる。完全な球になりたくて、もう半分の真珠を求めている。生まれたときからずっと。いつか出会えることを信じて、自分の体の奥深くに片割れのままの真珠を隠して守っている。


ぼうっとしている間に、荘介はお菓子の材料を揃えていた。薄力粉と強力粉、卵、バター、砂糖、塩。

「久美さん」

呼ばれてハッと意識が戻る。

「クイーンコンクシェルを作りますが、見ますか？」

「あ、はい。そうします」

いつもなら大喜びで調理台にしがみつくようにして見学するのに、今は気もそぞろで、視線も弱く、うろうろと落ち着かない。荘介はその状態に気づいているのかいないのか、通常どおりに作業を始める。

二種類の小麦粉を合わせてふるう。

オーブンの天板にバターを塗っておく。

鍋に水、牛乳、バター、塩を入れて火にかけ沸騰させる。

一度火から下ろし、小麦粉を加える。

ひとかたまりになるまで混ぜ、再び、火にかけて火を通しながら生地を練る。


「シュー生地ですか？」

作業を見ていた久美が尋ねると、荘介は嬉しそうに笑った。

「あたりです。さすが久美さん」

褒められてほっと心が軽くなった。この店で働いて、荘介の仕事を毎日見続けたことが無駄ではないと思えた。

だが、同時に腹の底から恥ずかしさも湧いてきた。ずっと近くで見続けていたのに、定番のシュー生地を作っているということがわかっただけで褒められる。まるで子ども扱いされているようだ。荘介から子どものように思われているのだとしたら、それは普段の自分のふるまいのせいだ。

情けなく思って俯きたかったが、荘介の仕事から目を離さないこと、試食して正しい感想を伝えられるように勉強することが、今自分に一番必要なことだと思いなおして、ぐっと顔を上げた。

十分に加熱し練り込まれた生地を火から下ろし、卵を数回に分けてダマにならないように混ぜていく。

シューに硬さをもたせるため、卵は通常よりも少なめにする。

なめらかなツヤが出たら、絞りだし袋を使い、オーブンの天板に生地を絞りだす。

普段とは違い、手前を低く、奥を高く、魔女の三角帽子のような高低差をわざとつけて絞りだした生地に霧吹きで水をかける。

初めに高温で焼く。

上火を弱く、下火を強くし、生地をふくらませる。

ある程度膨らんだら多少温度を落とし、上火を強くする。

合計で五十分近く焼くことになる。

店でいつも出すシュークリームのシューより硬めで、表面の亀裂が深く、焼き色が濃いものが出来上がった。

きれいな丸型ではなく、頭の一部が尖っている。

「どうでしょう、貝の形に見えますか？」

荘介が冷ましているシューを指さす。久美はこっくりと頷いた。

「ヤドカリの貝のように見えます。コンク貝は巻き貝なんでしたっけ」

「そう。だから養殖はできなくて、天然ものばかりなんだ」

「なんで養殖ができないんですか？」

シューが冷めたのを確認してから、荘介は貝を上下に分断するように、斜めにナイフを入れた。まるで貝の標本を作ろうとしているみたいだなと久美は思う。

荘介は切り取った貝殻の上部を外して、そこに指でくるくると貝の中のらせんの様子を示してみせる。

「真珠の養殖は、貝の奥、貝殻と身の間に真珠の核になるものを植えつけるんだけれど、巻き貝だと貝の奥まで核を入れることができないからね。唯一、巻き貝で養殖ができるのはアワビだけなんだ」

「なんで、アワビは大丈夫なんですか？」

「片思いだからだね。巻き貝ではあるけれど、貝殻が閉じたらせん状になっていない。けれど、だからこそ、真珠が独特の形と色になるんだろうね」

久美は頷いたが、半球状の真珠を思ってまたぼんやりと自分の考えに耽った。

荘介は久美のことはそっとしておいて、クイーンコンクシェルを作り続ける。


ホワイトチョコレート、カカオバター、フリーズドライいちごパウダーを低めの温度で湯煎にかけ、ピンク色のコーティング用チョコレートを作る。

湯煎でなめらかになったら湯から上げ、とろみがつくまで冷ます。

シューの内側にかけて貝をピンク色にする。


貝の中に入れるのはコンク貝の身をイメージして、黄色のカスタードクリームだ。

卵黄、砂糖、薄力粉、牛乳、バニラビーンズを用意する。

鍋に牛乳を入れて、バニラビーンズから種子をしごきだし、さやと一緒に入れて沸騰直前まで温める。

ボウルに卵黄、砂糖を入れ、白っぽくなるまで撹拌《かくはん》し、薄力粉を加えてダマにならないように混ぜる。

温めた牛乳を少量ずつ加えて、全体に混ざったら濾す。

鍋に入れて焦げないように、練るように加熱する。

ツヤが出てきたらバットに開けて、ラップをかぶせて粗熱を取る。

冷蔵庫で十分に冷やす。

カスタードクリームがよく冷えたら、巻き貝シューの底に満たす。

貝の真ん中、クリームに埋もれないようにしながら、透明なゼリーでコーティングしたベリーを一粒のせる。

元どおりに上部のシューをかぶせて、貝の中身をそっと隠す。


「久美さん」

呼びかけられて、ぼうっとしていた久美がハッと視線を荘介に移す。

「クイーンコンクシェルの出来上がりです。どうぞ、試食してみてください」

荘介がクイーンコンクシェルを作っている様子を見ているようで見ていなかった久美は、目の前に置かれたシュークリームをまじまじと見つめる。

切れ目を入れていたはずだ。貝の上部をつまんで開く。

「うわあ」

貝の内側は明るいピンクで、やわらかな黄色のカスタードクリームの上に一つだけ大切に置かれた楕円形のベリーは、宝石のように輝いている。

コンク貝で作った宝石箱に、真っ赤な宝石を密かに隠しているように見える。

「すごい、本当に本物の宝石箱みたいです。内側のピンク色がシュー皮の外側まで透けて見えているのも、上品ですてきです」

片手で持った貝の上部のシューでクリームを掬って頬張る。

「カスタードクリームの甘さと、いちごの酸味が程よくて、シューはサクッとしている、盛りだくさんな味です。いちごが子どもっぽくなくて洗練されてるっていう感じで、バニラの香りとよく合います。シューが硬めなのも大人っぽく感じます」

「宝飾品の展示会だからね。ターゲットは大人の女性でしょう。そのあたりを狙ってみました」

うんうんと頷きながら、貝の上部を食べ終えて、下の部分にうつる。大きく口を開けてベリーも一緒に半分ほども齧《かじ》りとってしまう。しばらくもごもごと噛みしめていたが、だんだんと目が大きく丸くなっていく。

「このベリーの香りがすっごくいいです！　いちごに負けなくて、それでいて喧嘩することもなくて。甘酸っぱさが爽やかです。高貴って言うんでしょうか。とってもきらびやかです」

「それはタイベリーという、ブラックベリーとラズベリーの交配種なんだ」

「タイの出身の果物なんですか？」

「いや、スコットランドのタイという川に由来があるそうだよ。英語ではテイというような発音になるんだけど。細長い見た目がコンクパールに似てると思って使ってみたんだ。丸いベリーの方が宝石っぽくなるかな」

久美はぶんぶんと勢いよく首を振る。

「絶対、タイベリーがいいです！　お姫様の食べ物みたい」

残りのクイーンコンクシェルも口に入れて、うっとり、もぐもぐと大事そうに食べる久美を荘介は優しく見守った。

「少しは元気が出ましたか」

「え？」

久美は目をぱちくりと瞬く。

「久美さんは美味しいものを食べると笑ってくれるから、このお菓子はそのために作りました」

荘介が自分のために作ってくれたお菓子。注文されたお菓子なのに、注文主のことではなく、久美のことを考えて。

「でも、それじゃ私には似合わないです。大人の女性に向けたお菓子なんでしょう？」

久美はクイーンコンクシェルの味を思い返してみた。夢のように美味しい宝石箱。久美には縁遠い宝石のようなタイベリー。

「そんなことはありません。今回のお菓子のターゲティング対象は久美さんのような大人の女性ですよ」

いつもからかってばかりの荘介が自分を大人として認めてくれていたと知って、久美は踊りだしたいような喜びと、肩にかかる責任とを感じる。荘介が思うような大人の女性であるためには、今までと同じではいけないような気がした。久美は背筋を伸ばしてしっかりと断言した。

「とっても美味しかったです。きっと、展示会に来たお客様も気に入ってくれると思います」

荘介は少しの間、久美を見つめた。久美が恥ずかしさにいたたまれなくなってふっと目をそらすと、荘介もあらぬ方を向いて静かに言った。

「当日は、クイーンコンクシェルを、予備を含めて百十個作ります。早朝出勤になりますが、箱詰めを手伝ってください」

「わかりました」

目を合わせることなく、久美は呟いた。

展示会は土日の二日間で開かれるが、来場者プレゼントがあるのは土曜日だけだ。

当日は『お気に召すまま』を臨時休業にして、早朝から仕込みが始まった。店で使っているオーブンはあまり大きくはないので、シュー生地を数回に分けて焼いていく。

その分、時間がかかる。

久美が午前七時に出勤したときには、荘介は二度目の焼成《しょうせい》に入っていて、先に出来上がったクイーンコンクシェルが梱包されるのを待っていた。

普段、店で使っているものとは違う、海の底のような深い青の箱に入れて、群青のリボンをかける。配達用の大きな木箱に保冷剤と一緒に詰めていく。

お菓子の製作が終わった荘介も梱包に取りかかって、予想していた時間よりも、ずっと早く終わりそうだった。

それまで口を引き結んで必死の形相で働いていた久美は、ほっと息をついた。

「荘介さん、納品の時間は何時ですか？」

「九時半です。ぎりぎりになるかと思いましたが、思ったより早く出発できそうです、久美さんのおかげで。ありがとうございます」

荘介は腰を折って丁寧にお礼を述べた。久美は驚いて目を瞠る。

「そんなそんな！」

思わず手を止めて、久美は壁際まで下がっていく。

「私なんてなんの役にも！　まったく！」

荘介は優しく微笑んで、おいでおいでと手招きする。久美がそっと近づいていくと、ぽんと頭を撫でられた。

「久美さんは働き者で、本当に助かっていますよ」

子どもに対するような褒められ方が恥ずかしくて、久美は急いで仕事に戻った。

荘介に褒められたことは嬉しいのだが、子ども扱いされたことがほんの少しだけ悔しかった。それに、大人のようにも子どものようにも扱う中途半端な荘介の態度にどう対応したらいいのかわからず、久美はむにゃむにゃと口の中で文句を言った。


店の車、軽バンの『バンちゃん』に木箱を三つ積んで出発した。土曜日のおかげで渋滞もなく、時間どおりに総合体育館にたどりつけた。

外観はどう見ても体育館だ。武骨でたくましい。

ここで展示会が行われるというのは、正面玄関に立てられている小さな看板によって、かろうじてわかるという状態だった。

「これじゃ、お客さんは来ないんじゃないでしょうか」

「招待客だけしか入れないのかもしれませんね」

「あ、そうか。招待状がありましたね」

バンちゃんは招待状とは関係なく、体育館の裏へ回る。裏口も人影はなく、閑散としている。

「なんだか、やる気が感じられないです」

「さて？　中に入ったら、どうだろうね」

「違うのかなあ。中も変わらないような気もするけど」

手分けして木箱を抱えて裏口から入っていくと、アリーナへ続く通路に警備員が二人、険しい顔で立っていた。定年も過ぎているのではという感じのおじさんと、どこかまだ初々しい青年だ。

荘介が名のると、青年が奥へ人を呼びに行った。

「すごい。厳重警備ですね」

久美がこっそり荘介に耳打ちすると、警備員のおじさんにも丸聞こえだったようで話に加わってきた。

「高級なものを扱う展示会には、結構、警備員が配置されるよ」

「あ、そうなんですか」

久美が相槌を打つと、警備員の険しい表情が少しだけ緩んだ。

「搬入から見てるけれどね、すごい量の宝石が展示されてるみたいだよ。怪盗が盗みにきたら大ごとだよ」

物騒なことを言って「はは」と表情を変えずに笑った。この人が警備員に変装している怪盗じゃないといいけど、などと思いながら雑談していると、ブラックスーツの男性が警備員に連れられてやって来た。

片耳にイヤホンをつけているので、この人も警備関係だろうか、私たちそんなに怪しまれているんだろうかと久美は思ったが、どうやらブラックスーツの男性はジュエリーショップの関係者らしかった。会場が広いためにインカムで連絡を取るのだろう。

案内されて、体育館の正面入り口まで真っ直ぐ通された。かなり広い体育館を縦断してしまった。

「荘介さん、これなら正面から入れば良かったですね」

「運動してしまったね、体育館だけに」

「はあ、まあ」

気持ちが入らない久美の返事に、荘介は寂しそうに黙り込んだ。

入り口脇の受付テーブルの陰に大量に置いてある小さな保冷バッグに、運んできたクイーンコンクシェルの箱を一つ一つ詰めなおしていく。

展示会のスタッフだけで詰め替えをするという話だったのだが、あまりに大変そうだったので荘介と久美も手伝うことになった。

すべて詰め終わったのは、開場時間の十分前だった。

ふと気づくと、詰め替え作業にいつの間にか、派手なドレスを着て、大ぶりの宝石がついたアクセサリーをたくさんつけた女性が加わっていた。七十歳は超えているようだが、テキパキとした気持ちの良い働きっぷりだった。

「ご苦労さまでした」

女性が荘介に丁寧に話しかけた。

「『お気に召すまま』さん？」

「はい。この度はご用命いただいてありがとうございます」

荘介が愛想よく答えると、女性はつかつかと寄ってきた。荘介の両頬を手のひらで包んで「まーあ」と声をあげる。

「あなた、イケメンねえ。スタイルもいいし。うちの店で働かない？　お客様が増えそうだわ」

荘介は女性の両手を取って、そっと押しもどした。

「せっかくですが、僕はお菓子作りが好きなもので」

「あらあ、そう。もったいないわあ、美貌が。あら」

今度は久美に近づいてきて、やはり両頰を手のひらで挟んだ。

「あなた、かわいいわあ。どう、うちのアクセサリー、試着しない？　最近ね、若いお嬢さん向けのシリーズも作りはじめたの。ほら、こっち、こっち」

「え、あの……」

見た目のわりに強い力で、ぐいぐいと手を引かれて会場に連れ込まれてしまった。

久美は助けを求めて荘介を振り返ったが、代金の受け取りなどをしているようで、力になってくれそうにはなかった。

会場の中はすべてがキラキラとまばゆく輝いていて、目がチカチカした。体育館のワックスの効いた床まで輝いている。

商品が並べられているテーブルを強い照明が照らし、宝石の色が、よりくっきりと際立っている。

テーブル一つにつき二人、スタッフがつき添っている。そのスタッフが会場に一歩入ってすぐのところから、「いらっしゃいませ」と順番に丁寧に頭を下げる。

久美は一々律義にお辞儀を返しながら、腕を引かれるままに奥へ進んだ。

右を向いても左を向いても、広々した体育館の端から端まで宝石がのったテーブルだらけだ。

これほどの人数のスタッフを擁するジュエリーショップとは、いったいどれだけの売上があるのだろうかと生臭いことも考える。

展示方法はわかりやすい。テーブル一つにつき、一種類の石だけを並べてある。ルビーはルビーだけ、ダイヤモンドはダイヤモンドだけ。

ただ、ダイヤモンドのテーブルは五卓もあり、ずらりと並んでいた。

お嬢さん向けと言われたシリーズは、会場の真ん中に島のように組んであるテーブルにあった。他の展示台に比べると、かなりの広さを占めている。

宝飾の世界に若者を呼び込むのが、この展示会のキモなのかもしれない。

その島に立っている女性スタッフから圧倒的な熱意を感じる。久美を連れてきた派手なドレスの女性は、ずらりと並んだアクセサリーをざっと検分して、桜モチーフの金のイヤリングを選びだした。

「ほら。これなんか、かわいいわあ」

耳にあてられて、久美は逃げだそうと下がりかけたのだが、後ろにいつの間にか熱意ある女性スタッフが忍びよっていて、「本当に。よくお似合いです」などと調子を合わせている。

ダブルでぐいぐい勧められて久美はなにも言えず、あわあわと小刻みに首を振るだけだ。断りたい気持ちは見れば誰にでもわかると思われる。

だが、久美がはっきりと断っているかと言われたら、微妙な状況だ。

アクセサリーを勧めてくる二人は久美の拒絶に気づかないのか、気づいて無視しているのか、ぐいぐいぐいぐい迫る。

「社長、小早川《こばやかわ》様がいらっしゃいました」

インカムをつけたブラックスーツが呼びにきて、派手な恰好の女性は「あら、じゃあ、またね」と言いおいて受付の方へ歩いていった。

社長だったのか。彼女がいなくなったら、もう大丈夫だろうとホッとしたのだが、一人残った熱い女性スタッフは久美を解放する気はないようだ。手あたり次第にアクセサリーを勧めまくる。

お嬢さん向けのラインナップには大きな宝石はついていない。それでも、そっと見てみた値札には、久美の月給三か月分の数字が印字されていた。

「わ、私にはとても無理です……」

消え入りそうな声で言っても、聞いてくれない。勧める商品が少しずつ、値段が低いものに代わっていくだけだ。

とうとう、久美の月給半分まで値札の数字は下がってきた。断ることに疲れてしまって、危うく頷きかけたときにハッとした。

荘介はなにをしているんだ？

会場を見渡してみると、荘介も遠くのテーブルでつかまっていた。久美はがっくりと肩を落とした。

このままでは助けは来ない。なんとか自分だけの力で切り抜けなければならない。

「こちらのリングでしたら、普段使いにもできますし、ちょっとしたフォーマルな場でも大丈……」

「すみません！　無理です！」

勢いよく頭を下げると、ようやく解放してもらえそうな雰囲気になった。だが、勧め上手な熱血スタッフは、最後にひと言つけ加えるのを忘れなかった。

「ご婚約やご結婚の折には、ぜひ、当店にお立ち寄りくださいね」

久美が返した笑顔は、引きつっていた。


他のテーブルでつかまらないように、小走りに荘介のところに行くと、荘介は楽しそうに笑っていた。

荘介を引き留めているスタッフに見つからないように荘介の背後に忍びより、服の裾を引っ張って「荘介さん、荘介さん」と小声で呼びかけた。

だが、荘介より先に、二十歳になっているかどうかわからない、かなり若い見た目の男性スタッフが久美に話しかけてきた。久美は、ああ、もうどうやっても逃れられないのだと諦めた。

男性スタッフは満面に笑みを浮かべている。

「なにか気になるものは見つかりましたか?」

どんなものでも名前を上げれば、いや、視線をそちらに動かしただけで、すかさずその商品を勧めてくるのは目に見えていた。久美は固く口を結ぶ。

荘介から久美にターゲットが移った途端、荘介は面白がっているような表情を見せた。

久美は横目で荘介をにらむ。

「あちらのブースに、お若い方にお勧めなものが揃って……」

「もう！　十分に！　拝見しましたので！」

思い切り、大声で、きっぱりと、断ることが必要なのだと先ほど学んだばかりの返答をすると「そうでしたか」と、すっと引いてくれた。

やった！　これで帰れる！と思ったのだが、男性スタッフは引き続き荘介に勧めることに決めただけらしかった。

「最近は男性でもアクセサリーを身につけられる方が増えてるんですよ」

「そうですねえ」

荘介はのんびりと答える。そんな返答ではいつまでも話は続くのに。だが、久美はやきもきして見ていることしかできない。

「こちらのデザインでしたら、男女どちらでもお使いいただけますし、ペアリングになさるのもすてきですよ」

「そうですか」

もっと、きっぱりと、きっぱりとした答えを！　久美は荘介に視線で訴えようとするが、荘介は生真面目に勧められるまま、アクセサリーを見ている。

「いかがでしょう、彼女さんとペアで」

「そうですねえ」

「彼女さんは、こちらのリングは……」

男性に問いかけられた久美は、泣きそうになりながら大声で答えた。

「大丈夫です！　いりません！」

大丈夫という言葉がはたしてこの場合に合っているのか久美にもまったくわからなかったが、男性スタッフは笑顔を崩さぬまま引き下がってくれた。

やった！　久美は内心でバンザイして荘介の袖を引っ張り、正面出口へ向かった。開場から一時間ほど経っていたが、まだ先着百名へ渡される予定のクイーンコンクシェルは半分ほど残っている。

客が受け取るところを見てみたかったのだが、あいにく受付に客は居合わせず、素通りするしかなかった。

半分駆け足で駐車場をつっ切り、バンちゃんに乗り込んで、久美は大きなため息をついた。

「お疲れですね」

荘介は、けろりとして久美の顔を覗き込む。

「どうして荘介さんは疲れてないんですか？　あんなに熱心に勧誘されていたのに」

「とくに疲れるような話はしなかったですから。ジュエリーの話もなかなか面白かったですよ。そうそう、あの方は若く見えましたが、勤続七年だそうです」

「ペアリングを勧めていた人ですか？」

「ええ」

喋りながら荘介はバンちゃんのエンジンをかけた。久美はシートベルトを締めながら尋ねてみる。

「いったい、歳はいくつくらいだったんでしょうか。まだ高校生くらいにも見えたんですけど」

「さあ、聞いてみればよかったですね。戻って聞いてきましょうか？」

「やめてください！　帰りましょう！」

慌てる久美を荘介は面白がって笑った。久美はムッとして窓の外に目を向ける。

窓ガラスにうっすらと映った自分の表情が、頬を膨らませた子どものようで情けなく、ほっぺたを引っ張って無表情を装った。

荘介はなんでも面白がる。それはすごい才能だとわかってはいる。きっと、お菓子作りにも発揮されているのだろう。

だが、時と場合によって、興味の持ち方を加減してほしいと久美は思う。そうすればあんなに長い時間、つかまっていることもなかったのに。

あの男性からは荘介一人ではなく久美にまで累《るい》が及んで、とうとうペアリングまで勧められて……。

ペアリング、という言葉の意味が今頃になって気になってきた。自分と荘介は、ペアリングをつけるような関係に見えるのだろうか。

荘介は自分のことを彼女と間違われても気にならないのだろうか。

もし、自分がペアリングを勧められたときに断らなかったとしたら、荘介はどうしていたのだろう。

もし、自分がペアリングに興味を示していたら？

「久美さん」

荘介に呼ばれて、はっと我に返った。いけない、ぼんやりしていた。

隣に目をやると、荘介も気合が入らない様子で、のんびりとしたスピードで車を進めていた。

「久美さんの誕生石はなんですか？」

「えっと、真珠だと思います」

荘介はちらりと久美に視線を寄越した。覇気のない久美を見て、楽しそうな笑顔を浮かべる。

「会場で真珠も見てみればよかったですね。もしかしたらコンクパールもあったかもしれないですし」

久美は顔をしかめてみせる。

「たとえコンクパールを見るためでも、あの押し売りの猛攻撃は、もう勘弁してほしいです」

ははは、とほがらかに笑う荘介に、久美はため息をつく。

「荘介さんは無理やり勧められることに疲れないんですか？」

「そうですねえ。面白いと思いました」

やっぱり面白がっていたか。久美はもう一度ため息をつく。

「だから、僕が矢面に立てばよかったんですよね。気づかなくて疲れさせてしまったね。ごめん」

謝られることなんてなにもないと思ったが、そうとはっきり言いきるのは、なぜか怖かった。言ってしまったら荘介との間にあるなにかが、ぷつりと切れてしまいそうだと思った。

けれど、自分は荘介にかばってもらえる人間だと思ってしまっていいのだろうか。甘え続けていいのだろうか。荘介はそれを許してくれるだろうか。わからない。返事をする代わりに、黙って首を振った。

車内に沈黙が広がった。二人とも別々のことを考えているようで、それでいて同じことを考えているのではないかと久美は思う。

輝く真珠。硬い殻に守られて貝の体の奥深くで徐々に大きくなっていく。大きく大きくなりすぎた真珠は、いつか貝の身を押し潰して、殻から外へ飛びだしてしまうだろうか。

また、ため息。最近はため息ばかりついているような気がする。もう真珠のことは考えたくない。なのに考えはちっとも前に進まない。

他のこと、なにか気分が明るくなるようなことを考えよう。そう思っても、頭はずっと同じ方向にしか向かない。

その気持ちに身を任せると、視線は自然に荘介に向かった。

「荘介さん」

「なんですか」

顔を見ていたら、うっかり呼んでしまったが、続く言葉がなにもない。とりあえず、間を持たせようと意味のない質問をしてみた。

「荘介さんの誕生石はなんですか？」

「さあ、なんだろう」

「誕生月は十月ですよね」

「そうだね」

会話が途切れた。十月、十月、と口の中で繰り返してみる。十月、という言葉を繰り返しすぎて意味がよくわからなくなってきた頃、荘介が尋ねた。

「久美さんは、誕生石のものをなにか持っていますか？」

「いいえ、なにも」

「いつもアクセサリーはつけていませんね」

「はい」

はいといいえだけで会話が成立するように、気を使ってくれているのだろうか。そう思うほどに、気楽に答えることができる質問だ。

「アクセサリーが嫌いですか？」

「いいえ、とくには」

荘介がまたちらりと久美を見る。久美も荘介の顔を盗み見る。表情がうかがえない澄ました顔をしている。

「久美さんには真珠が似合いそうだ」

おや、と思う。はいでもいいえでもない、他の答えを探さなければ。

「そうだといいです」

また、沈黙。もう話すことが思い浮かばないのだろう。久美も疲れて頭が回らなくなってきた。

赤信号にひっかかって止まる。歩行者用の信号機から流れる、『通りゃんせ』が聞こえてくる。

久美は口の中で小さく歌う。行きはよいよい、帰りは怖い。

信号が青になって、荘介はゆっくりアクセルを踏む。

「いつか、身につけているところを見てみたい」

ぼんやりと考えた。なにを身につけるんだろう？

ああ、誕生石の話だった。真珠のことだ。

「私には無理ですよ、似合いません。特別なものだもの」

荘介がちらりと視線を投げる。

「特別なもの。アクセサリー全般が？」

「そうですね」

「毎日つけている人もいるけれど」

久美はぼんやりと荘介の横顔を見ている。

「でも、私には真珠を買いにいけるような、そんなところに着ていける服がありませんから」

荘介は、ふっと笑う。

「まるで、シンデレラみたいだね。ドレスがなくて舞踏会に行けない」

本当だ。久美も思う。シンデレラのようだ。

自分が行きたいところに着ていくべきドレスがなくて、ずっと立ちつくしている。

いつまでたっても魔法使いは現れない。

ガラスの靴はもらえない。

「久美さんは、いつもの服が一番だと思います」

荘介を見ると、いやに真面目な顔をしていた。

「すぐにとけてしまう魔法なんて、久美さんには必要ないですよ」

だがすぐに明るい声で付け加える。

「かぼちゃの馬車がなくても、僕たちにはバンちゃんがありますから」

そうだ。荘介なら世界の果てまでも見せてくれる。お菓子を作って久美に世界の広さを教えてくれる。魔法なんかいらないんだ、荘介さえいれば。

久美は荘介の横顔を見て、深い安心感に目をつぶった。

熱い思いを小悪魔天女に

「あれ、班目《まだらめ》さん。一人だけですか？」

カランカランとドアベルを鳴らして、藤峰がやって来た。

藤峰はかなりの頻度で『お気に召すまま』に来る。今日もチェックのシャツをジーンズにぴっちりとインした、いつもと変わらぬスタイルだ。

常連仲間の班目太一郎《たいちろう》はイートインスペースの小さな椅子に大柄な体をあずけて、テーブルに頬杖をついている。

「俺はこの世に一人しかいないぜ」

「いや、そういう意味じゃないですよ」

藤峰は遠慮することもなく、班目の前の席に座る。動作のすべてが、にょろり、ひょろひょろという擬音が似合う。そんな藤峰を班目はぼんやりと眺めていたが、つまらなさそうにあくびをして、ぷいっと顔をそむけた。

聞こえよがしに大きなため息をつく。

「あーあ。どうせ相席するなら、美女がいいんだけどね」

「すみません、むさくるしくて」

藤峰はひょろりと細くて猫背だ。こぎれいにはしているので、むさくるしいという言葉とは多少イメージが違うようだが、班目はどうでもいいという気持ちを全身で表している。なんとも気だるげだ。

「班目さん、なんだか疲れていませんか？」

「わかるか」

「やっぱり、お年を召されると疲れも取れませんよね」

「誰がお年だ」

班目は手を伸ばして藤峰にデコピンを食らわせた。藤峰は無言で額を押さえてもだえ苦しんでいる。

荘介、由岐絵と幼馴染みの班目はまだ三十代前半だ。フードライターという仕事のため、ネクタイを締めるようなことはほとんどなく、大抵ラフな服装でいるせいか、年齢よりはかなり若く見える。

「いつものごとく、久美ちゃんにこき使われたんだよ」

藤峰はおでこをさすりながら同情の目を向ける。

「久美は鬼ですからね」

「よし、君がそう言っていたことは、久美ちゃんにしっかり伝えてやろう」

「え、やめてくださいよ！」

大慌てで椅子を蹴立てて、藤峰は逃げだそうとする。

班目は藤峰の首根っこを捕まえ、ニヤニヤしながら椅子に座り直させた。

「そんなに慌てることないだろう。久美ちゃんもすぐに戻ってくるさ。用事があって来たんじゃないのか？」

「用事はべつに久美でなくても……、お菓子を買いにきただけですから。荘介さんでも大丈夫です」

「いるわけないだろ、あいつが」

藤峰はがっくりと肩を落とした。だがすぐに明るい表情で顔を上げた。

「じゃあ、班目さんでもいいです」

「お、なんだ。お菓子以外の話もあるのか」

藤峰の瞳がギラリと光った。あ、これは失敗したなと班目は思ったが、こんなときの藤峰を止めようとしても無駄だということは、嫌というほど経験していた。

「僕、気づいたんです」

嫌そうな顔はしたが、班目は一応、相槌を打った。

「なにを」

「僕は陽さんは天使だと今まで思っていたんですけど、違ったんです」

班目はうんざりとため息をついた。

けれど、藤峰は恋人の星野陽のことを語りだしたら、いつもの気弱な態度が嘘のように押しが強くなる。そして、話がくどくなる。

「たしかに陽さんの美しさを見ていると、天にも昇る気持ちがします。だから、僕は陽さんのことを、僕を天に導いてくれる天使だと思っていたんです。だってそうでしょう、天へ向かって羽ばたけるのは天使だけじゃないですか。そもそも、僕の守護天使というのが陽さんで……」

「で？」

うんざり、と顔に張りつけたような表情で、班目は試しに藤峰の無駄な話を止めてみることにした。藤峰は珍しく言葉を切ると話の方向を転換した。

「かぐや姫なんですよ」

転換したと思った話は、やはり地続きで、どこまでもその苦行の道は続いているようだと班目は渋いものを食べたときのような顔をした。

「天使は、じつはかぐや姫だったんです！」

班目はポケットから煙草を取りだして弄びはじめた。久美からも荘介からも厳しく止められているので、火はつけない。が、できることなら今すぐ煙草を吸いたいと思うほど、精神的なダメージを受けている。

「長い黒髪も、知性あふれる瞳も、輝く美貌も、すべてかぐや姫だったからなんですよ！　月から舞い降りた貴人なんです！」

話しながら興奮してきたようで、藤峰の鼻息が荒い。

班目はできるだけ藤峰から体を離そうと、椅子の角度を変えた。

「僕は陽さんが望むなら、どんな宝物も、蓬莱《ほうらい》の玉の枝だろうが、燕の子安貝《つばくらめのこやすがい》だろうが手に入れてみせますよ！」

ぐっと両手を握りしめた藤峰の隙をついて、班目は口を挟んだ。

「かぐや姫は月へ帰っちまうんじゃなかったっけな」

「帰りませんとも僕のかぐや姫は！　なんといっても、僕たちの愛は深いですから！」

班目はニヤリと笑う。

「愛はいつか終わるもんだぜえ」

「お、終わりませんよ！」

藤峰は嚙みつかんばかりの勢いでテーブルに身をのりだした。班目はおどけて両手を軽く上げてみせる。

「ははは、怖いなあ、藤峰くん。しかしな、世の中は諸行無常だぜ。仏教学やってる君なら、よくわかってるだろ」

藤峰はぐっと息を飲んだ。目がきょろきょろと動く。

どう言い返すか、かなり迷い続けてから、気長にニヤニヤし続けている班目に、藤峰は堂々と胸を張ってみせた。

「お釈迦様に叱られたとしても、僕たちの気持ちだけは永遠です！」

「気持ちこそ、一分一秒たりとも変わらずにいられないと思うけどなあ」

藤峰が身をのりだすと、班目はふざけて耳をふさいでみせた。経験上、これから藤峰がどう出るか知っている。藤峰だって班目がろくに聞いていやしないことはわかっている。それでも藤峰は愛を叫ぶ。

「そんなことはないです！　僕の思いは変わらず！　陽さんを！　愛し続け……」

「うるさか！　藤峰、お店で叫ばんとって！」

厨房の方からやって来た久美が、藤峰以上の大声で叱りつける。藤峰はびくっと震えたが、すぐに涙をにじませた救いを求める目を久美に向けた。

「どこに行ってたんだよ、久美ぃ」

「うわ。鼻水垂らさんとって」

じりじりと藤峰との間に距離をとる久美に、班目がわざと心配げな顔をしてみせる。

「久美ちゃん、長いトイレだったな」

藤峰が鼻をすすりながら尋ねる。

「便秘？」

「二人とも、デリカシーっていう言葉を知らんとね！　それに、倉庫に行ってただけやけん！」

久美の逆鱗に触れて藤峰はすくみ上がり、班目は噴きだした。

「お釈迦様じゃなくて久美ちゃんに叱られたな、藤峰くん」

「また藤峰は。なにか、しょうもないことをやらかしたと？　いい加減にせな、出入り禁止にするよ」

冷たい視線を向けられた藤峰はしょんぼりと肩を落とした。

「なにもやらかしてないよ……。永遠の愛について議論してたんだ」

「うん、もう興味なか。その話は、もうよか」

「なんだよお、聞いてよ。共闘して班目さんに一矢報いようよ」

久美は迷惑そうな表情で藤峰と班目を見比べた。かたや今にも泣きだしそうで、かたや今にも噴きだしそうだ。

久美は腕を組んで、うーんと唸ったが、どちらの味方についても面倒くさそうだ。

厨房に避難しようとあとずさっていると、藤峰がテーブル越しに手を伸ばした。

「せめて話だけでも聞いて！」

「せからしかねえ。そんなら聞くけん、早く言って」

久美がため息をつきながらも立ち止まると、藤峰は映画に出てくる修道女のように胸の前で手を組んだ。それだけで久美の嫌そうな表情に拍車がかかる。

「愛は永遠だよね!?」

「違うっちゃない？」

班目が我慢できずに噴きだした。

「ほらな藤峰くん。久美ちゃんも言ってるだろ、変わらない気持ちはないんだって」

藤峰はショックで口をパクパクと開け閉めするだけで、言葉が出てこないようだ。

久美は少しだけ同情した。

「どうせ、陽さんのことやろ」

「どうせって言うなぁ……」

涙より先に鼻水を垂らした藤峰にポケットティッシュを渡してやりながら、久美はまた、深いため息をついた。班目は面白がって追い打ちをかける。

「しかたないぜ、藤峰くん。人の気持ちなんていうものは、川面に浮かぶ泡沫《うたかた》のごとしさ。流れない水は、よどみ、腐るもんだ」

「そんなあ。僕の変わらぬ愛は腐ったりしませーん」

「藤峰、私はやっぱり、気持ちはどうしても変わるものやと思う」

ぽつりと呟いた久美は、常にないほど真面目な表情をしていた。自分自身のことを語っているかのように深く響く声で言う。

「藤峰が陽さんをどう思っているのかは、今このときも変わっていってるんだと思う。やけど」

言葉を切って天井を仰いだ久美を、藤峰は不安いっぱいに見つめた。

「やけど、なに？」

久美は藤峰に視線を向けると厳かに宣言した。

「こんなことを言った偉人がいるとよ。心は変わるものだから、もっともっと好きになればいいいって」

藤峰の目から滂沱《ぼうだ》たる涙があふれでた。

「久美ぃ、やっぱり久美は心の友だぁ」

嫌そうな顔をしつつも、久美は黙ってもう一袋、ポケットティッシュを藤峰に押しつけた。

班目は感心して久美に大きな拍手を送る。

「久美ちゃんは意外なところで物知りだな。俺はその言葉は知らなかった。どんな偉人の言葉なんだ？」

「意外な、は余計ですけど。中島《なかじま》みゆきさんです」

偉人という言葉に、鬼籍《きせき》の人を想像していた班目は一瞬、ポカンとした。

「ああ……、そういう偉人……」

いつも久美をからかうばかりの班目がそんな顔を見せることがないので、久美は満足感に胸を張った。

「心の師匠です」

「久美の心の師匠は三波春夫《みなみはるお》だって高校生のときは言ってたじゃないか」

「三波春夫先生は心の巨匠やけん」

「どっちにしても久美は平成生まれじゃないと思う。年齢をごまかしてるだろ」

「はい、出入り禁止けってーい。出ていけ」

久美が力強くドアを指さすと、藤峰は班目に救いを求めて両手を差し伸べた。

「あきらめろ、藤峰くん。この店に平成生まれの君は若すぎたんだよ」

久美が班目にも強い口調で釘を刺す。

「この店で働いてる私は平成生まれです！　班目さんも、あんまりいたらんこと言いよったら出禁にしますよ」

「いや、俺は関係ない……」

弁解しようとしても、久美の視線は「言い訳不要」と強く厳命している。班目は怯んで話を変えた。

「なあ、藤峰くんは買い物にきたんだろ。ほら、とっとと買って、とっとと帰れよ」

「そうだ！　そうだよ、僕にはお菓子があるじゃないか！」

藤峰がぐっとこぶしを握って立ち上がる。

「僕の愛を。どこまでも深く、どこまでも高く、どこまでも伸び続ける愛をお菓子にして陽さんにプレゼントするんだ！」

「普通、高いか深いかどちらか一方で、あとは横に広がるものかと思ってたがな」

班目がぼそりと言っても、藤峰の耳には入らない。

「久美、僕の愛を表現したお菓子を注文するよ！」

「あ、そう？　じゃあ、予約票を……」

ショーケースの方へ歩きだした久美を、手をつきだして藤峰が止める。

「いや、今すぐお願いしたいんだ」

「なんか急ぎの用事なん？」

藤峰は腰に手をあてて、そっくり返る。

「今日は星野家のおじいさんの傘寿のお祝いがあるんだ。僕も招待されてさ。手土産に持って行こうと思って」

「え、それって何時から？」

「夜だよ。七時から」

久美は壁の時計を見上げる。

「間に合わんっちゃない？」

「え、なんで？　まだ五時だよ」

久美はちょこちょこと厨房を覗きにいって、首を振りながら戻ってきた。

「残念ながら、奇跡は起きんかったね」

「あ！　荘介さんがいないんだった」

こくりと頷いて久美はショーケースを指さす。

「ここに並んでるお菓子で手を打っとけばいいと思う」

藤峰は前髪を払いながら、首を左右に振ってみせた。

「僕はね、出来立ての愛をたっぷり込めたお菓子を贈りたいんだよ。この胸いっぱいの愛があふれてしまいそうなんだよ。今すぐ形にしなくっちゃ」

久美は無言で壁に作りつけの棚に近づくと、焼き菓子の詰め合わせの中から一番大きなものを取り上げて、藤峰に差しだした。

「当店のおすすめです。これにしましょう」

「え、僕の話、聞いてた？」

「聞いとらん。いいからこれにしとき。それで、もう帰り。間に合わんくなるけん」

「大丈夫だよ、荘介さんなら超特急で作ってくれるって」

たしかに荘介なら時間がないなら、ないなりになんとかするかもしれない。だが、本当にいつ帰ってくるかわからない。たまに営業時間終了の七時を過ぎても帰ってこないことだってある。

久美はどうしても注文は受けられないと藤峰を説得しようと口を開いた。

「わがまま言うな」

説得のつもりが、なぜか違う言葉が出てきた。藤峰は久美の小言が続くと思って首をすくめたが、久美の小言より前に斑目が奇策をもちかけた。

「俺が作ってやろう」

いつもどおり、藤峰をからかい倒そうとしているのかと思っていた久美は、案外と真面目な表情の班目に驚いた。

「班目さん、お菓子を作れると？　すごいですね」

藤峰が期待に満ちた視線を班目に向ける。

「作れなくはない。美味いかどうかは別だが」

「美味しくないと嫌ですよ！」

班目は真面目な様子で藤峰に同情深い目を向ける。

「愛はときには苦いものだぜ」

「僕と陽さんの愛はスイート中のスイートです！」

面倒くさいと思っていることを隠しもせず、班目が投げやりに呟く。

「じゃあ、もう砂糖でいいだろう。綿菓子にしろ」

藤峰は首をひねって考え込んだ。

「綿菓子……、綿菓子……、スイート、ふわふわ、天国っぽい。うん、いいかも」

期待に満ちた藤峰の視線を、久美は静かにシャットアウトした。

「残念やけど藤峰。うちには綿菓子メーカーはないとよ」

「そこは荘介がなんとかするんじゃないか？」

口を挟んだ班目を、久美がきつい目で制する。

「今日はなんとかするでしょうけど、そのあと、絶対にどでかい綿菓子製作機を買いたがるんですから。綿菓子は却下です」

藤峰が唇をつきだす。

「じゃあ、なんならいいのさ」

「だから、今日は焼き菓子詰め合わせにしておかんねって、さっきから……」

班目が割り込んで次の提案をする。

「それなら水あめだな。藤峰くんが練って、あーんと口を開けさせて、食べさせてあげるんだ」

「そそそ、そんな！　そんなラブラブカップルみたいなこと……」

「おじいさんにな」

藤峰がきょとんとする。

「おじいさん？　どこの？」

「君も薄情だなあ。今日は傘寿のおじいさんのお祝いなんだろ」

「え！　僕が陽さんのおじいさんに、あーん、をするんですか？」

「愛が伝わるぞ。ばっちりとな」

久美が二人にはめったに見せない接客時の態度で頭を下げる。

「すみませんが、お二人とも。『お気に召すまま』では水あめも取り扱いがございません。ご了承ください」

「荘介が作るさ」

久美がいぶかしげに眉を寄せる。

「時間がかかるんじゃないですか？」

「麦芽水あめなら、もち米でお粥を炊いて、麦芽を加えて一晩寝かせる。それから煮詰めて……」

久美がビシッと手のひらをつきだして班目の言葉をせき止める。

「班目さん、間に合わないので却下です。もっと早くできるものじゃないと。だいたい、班目さんが言うお菓子はどれも地味なんじゃないですか？」

「地味じゃだめか？」

「お祝いの席ですよ。もっとバッバーン！と華やかな方がいいですよ」

班目の顔にニヤニヤ笑いが戻ってきた。

「じゃあ、煎餅に粉砂糖でハートを描いてだな」

「お煎餅も焼くのに時間がかかりませんか」

「それほどでもないぜ。米粉を捏ねて蒸して、五日ほど干してから……」

久美は班目の前に立ちふさがった。

「じ・か・ん・が・か・か・ら・な・い・も・の！」

一音ずつ区切って言ってやると、班目は腹を抱えて笑いだした。

ひとしきり笑う班目をにらみ続けて疲れた久美が「班目さんはグルメライターなのにあてにならんもん」と呟くと、班目はムッとして真面目な口調になった。

「なら、スフレパンケーキだな。荘介が出張シェフするんだ」

「それいいですよ！　ねえ、藤峰。どう？」

気まずそうに藤峰が言う。

「今日はおじいさんのリクエストで、お寿司屋さんで会食なんだよ」

「お寿司……」

申し訳なさそうに藤峰が言う。

「回らないやつ」

「そりゃあ、厨房は借りられないだろうな」

三人の頭の中を回らないお寿司という言葉がぐるぐると回る。うに、イクラ、トロ、ボタンエビ。そこにバッバーン！と登場するスフレパンケーキ。あり得ない。

久美がハッとして小さく叫ぶ。

「お寿司屋さんって、お菓子の持ち込み、大丈夫なん？」

「さあ、どうだろう」

他人事のような返事をする藤峰の腕を、久美がはたく。

「あんたがお菓子を持っていくって言ったんやろが！　はっきりせんね！」

はたかれた腕をかばいながら、藤峰が泣きそうな声で言い返す。

「いや、だって知らないお店だし」

「今から陽さんに聞けばいいやろ」

藤峰は眉根を寄せて厳しい顔をしてみせる。

「サプライズがいいなあ」

「わがまま言わない！」

「藤峰くんよ。その寿司屋ってどこ？」

振り返ると班目は分厚いアドレス帳を手にしていた。

「『寿司銀《すしぎん》』です」

「ああ、早良《さわら》区の？」

「はい。陽さんの家の近くなんです」

「ふうん」

アドレス帳をめくって班目が電話をかけると、すぐにつながったようだ。

「お忙しいところ、恐れ入ります。ライターの班目と申します。……、お久しぶりです、大将。お元気ですか？」

ハキハキとした好青年が眼前に現れて、あっけにとられた久美の口が開きっぱなしになった。

「ところで、大将のお店はデザートの持ち込みってできますか？　あ、大丈夫。ちなみに、厨房を借りてデザートを作るっていうのは……、だめ、ですよね、もちろん。あははは」

愛想笑いも好青年で、班目が変質してしまったのではないかと、久美は恐ろしくなってきた。

「はい。はい。近いうちにぜひお邪魔します。ありがとうございました。では、失礼します」

電話を切った班目は、好青年の笑顔を久美に向けた。

「久美ちゃん、お菓子は大丈夫だそう……」

「班目さんが気持ち悪ぃ！」

「はあ？」

久美は鳥肌立った腕をさすりながら、少しずつ少しずつ下がっていく。

「どうしたんですか、班目さん！　変なものでも食べたと!?」

「直近で口に入れたのは久美ちゃんのコーヒーだがな」

一気にむすっとした班目の口ぶりに安心した久美は、泣きそうな顔で大きなため息をついた。

「良かった、元に戻ったあ」

「久美ちゃんや、君は俺をなんだと思っているのかね？」

がっかり顔の班目に藤峰も泣きそうな顔を向ける。

「僕もちょっと怖かったです、班目さんの猫かぶり」

班目が迫力のある切れ長の目で藤峰をにらむ。

「猫はかぶってねえぞ。なんなんだ、君たちは。俺がせっかく聞いた重要情報はいらないのか」

久美がけろりとして言う。

「それは聞こえてましたので、もういいです」

「おーい、久美ちゃん。つれなさすぎやしないか」

久美は藤峰に向き直って、話を進める。

「出張シェフじゃなくて持ち込みだと、やっぱり荘介さんの放浪が問題やね」

「えっと、久美？　班目さんがすごい顔してにらんでくるんだけど……」

「そもそも荘介さんが閉店時間後に帰ってくることだってあるんやし」

「班目さん、その顔、怖いです……」

「やっぱり、どう考えても、焼き菓子詰め合わせよ。藤峰」

藤峰は涙目で久美と目を合わせない。久美が振り返ると、班目が慌てて壁の方に体を傾けて口笛を吹きだした。

「もう！　班目さん、真面目に考えないなら、せめて邪魔しないでください」

「俺はなにもしてないぜ」

「そんな小学生みたいなこと言わない。藤峰も！」

久美は藤峰に向かって人差し指をつきつけた。

「ちょっとにらまれたくらいで、オドオドしない！」

藤峰は熱々の豆腐を飲み込んだような苦しそうな顔をして「うー」と唸った。

「わかったから、その怖い顔やめてよ。班目さんより怖いよ」

「失礼な！　妙齢のご婦人に向かって」

　斑目がニヤニヤと尋ねる。

「久美ちゃんや、妙齢のご婦人というのは、若いのかね、しっとりした歳かね？」

「え？」

「妙齢はうら若い頃、婦人は成人した女性。久美ちゃんはどっちなのかな？」

　久美は視線をさまよわせて慌てて考えたが、うまい返し方を思いつかない。

「最近は、成人した女性でも、うら若いと思いますよ」

　厨房からひょっこりと荘介が顔を出した。

「荘介さん！　いつ帰ってきたんですか！」

「昼からずっといましたが」

「うそ！　どこに？」

「バンちゃんの整備をしていましたよ」

　店の配達用の車、軽バンのバンちゃんは、荘介がまめに整備するので今まで不調知らずだ。だが、その気配に気づかなかった久美があっけにとられていると、斑目がさらにニヤニヤを深くして尋ねた。

「久美ちゃん。店にいない間、倉庫に行ってたって言ったが、店の車は倉庫の横にあるよな。すぐ側だぜ、荘介がいるのに気づかないわけないよなあ」

「久美、やっぱり、お腹が張って？」

「だから、違いますってば！　本当に倉庫にいたんです！　ねえ、荘介さん。バンちゃんのところにいたなら、私のこと、見たでしょう？」

「さあ、気づかなかったけど」

荘介はコックコートを羽織りながら、そっぽを向いて答えた。

「それ、絶対、気づいてたときの返事のしかたじゃないですか！」

「なんのことですか？」

身支度を整えながら、荘介は視線をきょろきょろと動かして、久美と目を合わせないようにしている。藤峰がそっと口を開く。

「久美、べつに恥ずかしいことじゃないんだから、あんまりひどいようだったら病院に行ってみるのも……」

「だから、違うってば！」

班目がいよいよニヤニヤ笑う。

「久美ちゃんも〝妙齢のご婦人〟だからなあ。人に言えないことの一つや二つや三つや四つや五つや……」

「そんなにありません」

思いあたることがある久美は先ほどまでの勢いが消え、ぷいっと横を向いた。

「ほお。一つや二つはあるわけだ」

「ありません！」

強く言って顔を向けたが、班目はいつの間にか椅子から立ち上がっていて、代わりに荘介がそこに座らされていた。

いきなり荘介と見つめあうことになって、久美は慌てて視線をそらす。人に言えないことと言われてすぐ頭に浮かんだ顔を、突然、直視してうろたえてしまった。

「どうしました、久美さん？」

荘介が久美の顔を覗き込もうとする。冗談を言うときは目をそらすくせに、聞いてほしくない話のときは久美の視線を追ってくる。

久美は逃げに逃げて、藤峰の後ろに回って背中をドンと押した。つんのめった藤峰が荘介の膝に倒れ込む。

「藤峰からお菓子の注文がありました！」

久美が叫ぶように言う。荘介は、バタバタと暴れてうまく立てない藤峰を、嫌そうな顔をしながらも抱え上げてやる。班目は自分の頬をつねりながら笑いをこらえている。

久美がにらむと、班目は頬を引っ張ったままの妙な発音で話を先に進めた。

「じいさんに熱い愛を届けたいんだとさ」

「おじいさんに伝えたいんじゃないですってば」

「しかし、じいさんの傘寿のお祝いだろ。君は熱い愛を届けたいんだろ。まとめたらそうなるだろ？」

言い返そうとしている藤峰の脇腹に軽くチョップを食らわせて、久美が口を挟む。

「無駄話してる時間はないやろ。お菓子どうすると？」

藤峰はくすぐったくなった脇腹を押さえながら、荘介に涙目でうったえた。

「荘介さん、お菓子をお願いし……」

「わかりました。おじいさんの傘寿のお祝いに藤峰くんの愛をたっぷり届けるお菓子ですね」

「いや、だから僕の愛はおじいさんではなく……」

久美が藤峰の反対の脇腹にもチョップをお見舞いする。

「要点だけまとめて喋りんしゃい」

藤峰は腹部を抱きしめるように押さえながら、呻くようにうったえる。

「僕の燃える愛は陽さんに……、お祝いはおじいさんに贈りたいです……」

「それを両立するんですか?」

荘介が不思議そうに聞くと、藤峰はカクカクと頷く。くすぐったさに身をよじってろくに喋れない藤峰の代わりに、久美が口をきいてやる。

「時間がないそうなんです。お祝いに向いていて、愛を語れて、時間がかからないお菓子って、なにかありますか？」

荘介は腕を組んで難しい顔をする。

「うーん。注文が盛りだくさんですねえ」

「なんとかなりませんか？」

重ねて尋ねる久美に荘介は首をかしげた。

「今日は久美さん、藤峰くんに優しいんですね」

班目が荘介に頷いてみせる。

「そうなんだよ、さっきからな。なにか弱みでも握られてるんじゃないか？」

「弱みなんて……ありませんから」

俯き加減の久美の弱々しい声に顔を上げた藤峰が首をかしげる。

「弱みって、もしかして動植物園きっぷの」

言いかけた藤峰のすねを、慌てた久美が思いっきり蹴って黙らせた。声にならない呻きをあげる藤峰の代わりに荘介に重ねて頼む。

「時間がないんです。なんとかなりませんか？」

「なんとかしましょう」

荘介はこともなげに言うと、久美ににっこりと笑いかけた。

「他でもない、久美さんからの依頼ですから」

「それは、藤峰の依頼だったら断るかもってことですか？」

「そんなことはないですよ。もちろんうけたまわります。もう少し遊んでから」

藤峰が「ひどい……」と呟くのを聞き流して、荘介は腕組みする。

「燃える思いというと、唐辛子を思い浮かべるのは安直でしょうか」

「いいと思います」

「直球だな」

「美味しければなんでも」

三人三様の答え方だったが満場一致ということで、愛は辛さで表すことになった。

「では、作っていきましょうか」

「え、もうレシピは決まったんですか？」

「時間がかからず、傘寿のお祝いで、唐辛子が合うものということで作りますよ」

それだけ言い残して、荘介はスタスタと厨房に入っていった。久美と藤峰は顔を見合わせてあとについていく。

荘介は床下収納から大ぶりのかぼちゃを取りだしてさっさと調理を始めた。久美と藤峰は揃って調理台の側に立って、荘介の仕事を見学する。

かぼちゃを二つに切って種とワタを取る。

五センチ角ほどに切り分けてレンジにかける。

藤峰が感心して呟く。

「荘介さんがレンジを使うところ、初めて見ました」

「時短と言えばレンジだね。量が少ないときは圧力鍋より早いから便利だよ」

過熱が終わったかぼちゃの皮を取り除き、マッシャーで潰す。

砂糖を加え混ぜて、裏ごしする。

丸くまとめて、和菓子用の木型で菊の形に形成する。

極小のハートに切り抜いた型紙を、ひと口大の菊の中央に置き、一味唐辛子を振って真っ赤なハートを描く。

「はい、出来上がり」

「早っ！　十五分くらいしかかかってないですよ」

思わず叫んだ藤峰に、荘介はけろりとして答える。

「時短だからね。何人分必要なんですか？」

「あ、七人です」

「わかりました。久美さん、これ試食してください」

出来上がった菊の形のかぼちゃまんじゅうを久美に差しだす。

「え、いいんですか？　急がなきゃいけないのに」

「すぐできますから。七人分にはあまるくらいかぼちゃの量も多いですし」

久美は「ではでは」とかぼちゃまんじゅうに手を伸ばして、ひと口で食べてしまう。

「んー！　甘くて、とろーりとしてて、唐辛子がピリピリッとして、いいアクセントになってます。大人の味ですね。濃い黄色の菊の花もきれいです」

荘介はさくさくと手を動かしながら話し続ける。

「傘寿のお祝いには黄色か金茶色のものを贈るんだ。菊の花の露には不老長寿の力があるという説話もあるし、ちょうどいいと思うよ」

調理台の上に次々と菊の花が並んでいく。黄色の花畑ができるのを見ながら藤峰がもの欲しそうな顔をする。

「荘介さん、僕の分は」

「藤峰くんは陽さんのご家族と一緒にどうぞ」

「はーい……」

一応引き下がった藤峰は未練がましく指をくわえそうな様子で、じとっと荘介の手許を見ていた。


出来上がった七個の菊の花を箱詰めして、藤峰に持たせてやる。

「すごいです、作り始めてから包装まで三十分しかかからなかったですね」

のんびりお喋りを始めそうな藤峰の脇腹を久美が攻撃する。

「いいかげん急がんね。本当に遅刻するっちゃないと」

「あ、本当だ!」

今まで時計を見ていたにも関わらず、現在時刻にやっと気づいた藤峰が慌てて店から飛びだしていった。

その後ろ姿を見送って、荘介がぼんやりと呟く。

「そう言えば、おじいさんや陽さんのご家族は、唐辛子は大丈夫なんでしょうかねえ」

「あ、そうか。聞かなかったですよね。結構ピリ辛でしたけど……。ちょっと陽さんに電話して聞いてみますね」

久美は電話をかけ、藤峰がサプライズにしたいと言っていたので、ややぼかして質問してみた。だが陽はすぐに察してしまい、家族の中には特別に辛いお菓子が苦手な人はいないというわかりやすい返事がきた。女の勘というやつだろうか。久美は感心して聞いていた。

「でも、面白いから透くんの前で辛すぎるって泣きまねしてみようかな」

天使そのものと思っていた陽の小悪魔発言に驚いた久美は、電話を切ってから「陽さんが天使から小悪魔に変身しました」と茫然と報告した。

「純白の翼の陰に悪魔のしっぽを隠しているなんて……」

あまりにもショックを受けている久美を班目がからかう。

「大人の女性はみんな二面性を持っているものさ。久美ちゃんにはまだまだわからないだろうが」

久美はムッとして反論する。

「私も大人ですから」

「では、久美さんにも別の顔があるんですね。なにを隠しているんですか？」

にこやかに問う荘介に、久美は言葉を返せず黙り込んだ。荘介に隠していることは一つしかない。荘介に伝えたい思いがある。だが、とても言いだせない。とても言葉にはならない。

自分は自分のことがなにもわかっていないだけなのだという気がしてしかたなかった。今すぐにでも話したいと思うのに、口に出すのが怖いと思うこの気持ちをどう扱えばいいのか見当もつかない。

それが大人の女性としての二面性だとは思えなかった。

「……なにもないです」

かなりの間を置いて答えた久美に荘介は慈しむように微笑みかけて、厨房に戻っていった。班目がにやにやしながら言う。

「久美ちゃんは、やっぱりまだまだ子どもだったか」

「子どもでした」

班目は立ち上がると、励ますように久美の肩を軽くたたく。

「ゆっくり大人になればいいさ」

そう言って店を出ていった。誰もいなくなったイートインスペースの椅子に座って、久美はため息をつく。

「子ども、だなあ」

口に出してみると本当にどうしようもないほど、自分が子どもっぽく思えた。落ち込みそうになったが、ぶるんと首を振って気持ちを整える。

今、目の前にあることしかできることはないんだから、一つずつやっていこう。大人の女性はきっとそうする。

うん、と頷いて久美は店舗のかたづけに没頭した。

光のお菓子

最近、ショーケースに並ぶお菓子の割合が大幅に変わった。

オリジナル菓子を多く置いて、その他のお菓子の量を少なくしている。アムリタ、七色天使の飴、妖怪イモ大福・百目、フィンスターニスなどなど。どれも評判が良く売れ残ることは少ない。

そのためか通常メニューのドイツ菓子や和菓子の予約注文が入ることが増えたのだが、予約注文の量でお菓子の人気度が計れて、今後のメニュー決定に大いに役立ちそうだと久美は売上個数をグラフ化している。

荘介がそこまで考えているのかはわからないが、久美としては統計が取れたことが喜ばしい。

「荘介さん、今日も豆大福が一番に売り切れました。その次が百目です。この二つはもうちょっとあってもいいいんじゃないでしょうか」

夕暮れ時に放浪から帰ってきた荘介に提案すると、荘介も頷いた。

「少し多めに仕込んでおきます」

荘介が自分の意見を汲んでくれる。

久美は震えがきそうなほど嬉しいのだが、今のところなんとか澄ました顔で「お願いします」と大人対応ができている。

成長したぞと、自分で自分を褒める日々だ。


そんな日々の中、新規顧客がにわかに増えだした。どうやら常連客が、面白いお菓子があると噂話に広めてくれているようなのだ。

とくに、超常連の町内会長の梶山が町内会の集まりだとか老人会の催しだとかに妖怪イモ大福・百目を持っていってくれることが多く、ネーミングが話の種になって場が盛り上がるのだとエビス顔だ。

久美としては、梶山に足を向けて眠れないといった感じだった。


カランカランとドアベルを鳴らして入ってきたのは、一見の客だった。

ぐるりと店内を見まわしてから「ほう」と言いつつ、すたすたとショーケースに近づいてくる。

七十代近くに見える男性で、ジャージを着て首にタオルをぶら下げているところを見るとランニングでもした帰りのようだ。

「いらっしゃいませ」

久美が声をかけると男性客はニカッと、まるでボディビルダーのように白い歯を見せて笑った。

「梶山さんから聞いて来たんですよ。彼、この店の常連らしいけど」

「はい、梶山さんにはいつもご贔屓いただいております」

男性はまた「ほう」と言って額に浮いた汗を拭いた。久美は気を利かせて男性に笑顔を向けて言う。

「よろしかったらお茶をいかがですか？　サービスでお出ししておりますが」

「ほう、親切だねえ。もらってもいいかな、ちょうど喉が渇いてて」

久美は男性をイートインスペースに案内して、ぬるめのお茶を淹れた。男性は一気に飲み干して立ち上がる。長居をする気はなさそうだ。

「お菓子いろいろあるけど、どれがおすすめ？」

おすすめを聞かれるのが、この仕事をしていて一番楽しいときだ。

本当はどのお菓子もみんなこぞっておすすめしたいのだが、そうもいかないというジレンマもある。

だが、今日の一押しは決まっていた。

「こちらのフィンスターニスがおすすめです」

チョコレートでコーティングされた真っ黒な立方体の上に、三日月が金粉でかたどられている。

「ほうほう。美味しいの？」

「はい。山椒を使っておりますので少しぴりっとした刺激がありますが、それが大丈夫でしたら、ぜひ召し上がってみてください。今日の月は三日月なので、ちょうどよろしいかと思います」

「ああ、そう。今日は三日月なの？　よく知ってるねえ」

久美は笑顔で軽く頭を下げた。『お気に召すまま』オリジナルのお菓子、月の満ち欠けとフィンスターニスの二つには月が描かれるため、普段から月の動きは調べるようにしていた。

「それじゃ、その難しい名前のお菓子を三つ、ちょうだいよ」

「はい、ありがとうございます」

久美がてきぱきと梱包していると、フィンスターニスのネームプレートをじっくり見ていた男性客が質問した。

「フィンスターニス、ってどういう意味なの？」

梱包の手を止めて振り返る。

「ドイツ語で闇という意味です」

「えー、これは闇じゃないでしょう。だいたい、三日月って夕方に出るものじゃなかった？　真っ黒は違うんじゃないかい？」

久美は内心とても慌てたが、なんとか表情には出さずに説明する。

「当店の店主が、闇の中でもわずかな光を見逃さないようにという思いで作ったものでして……」

「それならさ、星の方がいいよね。夜空に針でついたような小さな点とか。その方が闇って感じがすると思うなあ」

久美は愛想笑いを浮かべてみるが、頬が強張っているような気がする。

「暖かさも表現したくて……」

「それならいっそハートマークとかさ。とにかく闇っていうには違うんだよなあ」

男性は久美の言葉を途中で妨害して、否定し続けた。

久美はフィンスターニスを勧めたことを後悔しながら、愛想笑いでなんとか商品を渡し終えた。

「じゃあ、お邪魔しましたね」

男性客が帰っていく背中にかけた「ありがとうございました」の声が、暗く沈んで消え入りそうだった。


「えー！　なにそれ、変なおじさん」

男性客を見送ったあと、隣の花屋『花日和《はなびより》』の方を見てみると店員の碧《みどり》が店頭で花の世話をしていたので、つい世間話をしにいってしまった。今あった出来事を語ると碧は同情の色を示してくれた。

「きっと、自分が世界で一番正しいと思ってるんだよ。気にしない、気にしない」

「でも、もしかしたら私の勧め方が悪かったのかもしれないし」

「そーんなわけないって。久美ちゃん、ベテランじゃない。お店のこと誰よりもわかってるでしょ。大丈夫、大丈夫」

慰められても気持ちは上向かなかった。

碧は明るい話題を振って久美を笑わせようとしてくれたが、力なく微笑むことしかできなかった。

花屋に客が来たのをきっかけに久美は店に戻った。

今回はいろいろ言われはしたが、無事に買ってもらえた。けれど、もし注文より先に「フィンスターニスという名前はおかしい」と言われていたら、どうだっただろう。久美の説明でも買っていってくれただろうか。

勧めるべき立場なのに、客の押しに負けたのが悔しかった。

荘介がどれほどすばらしいお菓子を作ったとしても、久美の勧め方によっては買っていってもらえないことだってあり得るのだ。

もっとがんばらなければ。気合を込めてぐっとこぶしを握り締めた。


カランカランとドアベルが鳴るたび、久美は飛びきりの笑顔を頬に貼りつける。客の動きに合わせて自分も動く。

「そちらは北アフリカのお菓子なんですよ」

焼き菓子の棚を覗き込んでいる客の横に、すすすっと近づいて久美は話しかけた。一見の若い男性客は曖昧な笑みで「はあ」と言う。

どうも今一つ反応が薄い。久美はもうひと押しすることにした。

「当店では珍しい国のお菓子も取り扱っておりまして、ご注文いただけたら、どんなお菓子もうけたまわります」

客はまた「はあ」と答える。

「贈り物ですか？」

久美はずいっと詰め寄る。客はスーツを着ていて時間帯は昼間。これは仕事上の挨拶用に違いないとあたりをつけたのだ。

「はあ、まあ」

あたりだ。久美の目がきらりと輝く。

「それでしたら、ゼリーなども人気なんですよ」

「はあ……」

困った顔で客は、焼き菓子の棚と久美の顔を見比べる。

カランカランとドアベルが鳴って梶山が入ってきた。

「やあ、久美ちゃん」

明るく手を挙げた梶山に気を取られている間に、一見の客はすっと帰って行ってしまった。

「あ！」

「ん？　どうしたんだい、久美ちゃん」

「あ、いえ、なんでもないんです」

しょんぼりしそうになるのをグッとこらえて、イートインスペースに陣取った梶山にお茶を出した。

「そういえば、先日、戸田《とだ》さんって人がお菓子を買いにきたって言ってたんだけど、すごく美味しかったって褒めてたよ」

「本当ですか、ありがとうございます！」

よかった。どの人かわからないけれど、荘介の腕の良さはちゃんと伝わったんだ。ほっとして自然と笑みが湧いてきた。

「でもさ、お菓子の名前が変だ、変だってうるさくてねえ」

久美の笑顔が凍りつく。

「なんていったっけ。難しいドイツ語の黒いお菓子」

「もしかして、フィンスターニスですか？」

「ああ、それ。なんだかずいぶん気にしててさ。あれでちゃんと売れるんだろうかって。余計なお世話だよねえ」

戸田さんとは、フィンスターニスの名前が変だと言った人だったのか。

本当に余計なお世話だと思いながらも、久美は表情に出さないように気をつけて会話を続ける。

「いえ、気にかけていただいてありがたいです」

「久美ちゃんは心が広いなあ。私だったらもうね、プンプンだね」

梶山が両手の人差し指を額の前に立ててツノを作ってみせる。久美の気持ちが少しほぐれた。

「私の説明のしかたが悪かったんだと思います。もっとわかりやすくご紹介できればよかったんですけど」

「いやいやいやいや、あの人はね、ああいう人だから。気にしなくていいよ」

そう言って梶山はお茶に口をつけた。

だが久美には、梶山が久美を慰めるために戸田のことを軽く言ってみせているように聞こえた。

やっぱり自分の説明が悪かったんだ、もっとがんばらないと。改めてぐっと気合を入れ直した。

それから久美は来る客、来る客にしっかりと商品の良さを伝えようと恐ろしいほど饒《じょう》舌《ぜっ》になった。商品のことを聞かれなくても自分から進んで話しかけた。

常連は久美が勧めたものを買ってくれることが多かったが、初めて顔を合わせた客にはほとんど逃げられた。

曖昧な笑みを浮かべてすっと出ていってしまう人、むっつりと不機嫌になってしまう人、おびえたようにあとずさる人、さまざまだったが、皆ろくに商品を見てくれないことに変わりはなかった。

そうなるとますます気持ちが焦ってしまって久美の口からは、いかに『お気に召すま』のお菓子が美味しいか、荘介の腕がすばらしいかばかりが飛びだした。

そしてまた客は黙って出ていってしまう。

悪循環に陥っていることは久美にもわかっていたが、どうすればいいのかわからなくなってしまっていた。


「久美さん」

珍しく午前中に荘介が帰ってきて、厨房から顔を覗かせて久美を手招きした。とことこ厨房に入っていくと、荘介は久美に椅子を勧めて自分も座り込んだ。

「最近、店の状態はどうでしょう？」

「どう、っていうのは？」

久美が首をかしげると、荘介は「んー」と少し口ごもった。

いつも、はっきりと話す荘介には珍しいことで、久美はやっと聞かれていることがわかった。

一見の客がお菓子を買ってくれないことについてだ。

「あの、私もっとがんばります！」

久美は勢いよく立ち上がって頭を下げた。予想外の久美の反応を見て、荘介はたじろいだ。だが、その様子も久美の目には入っていない。

「最近、初めていらっしゃるお客様が多いのに、私がうまく話せないせいですぐに帰ってしまわれるのは自覚してます。せっかく荘介さんが美味しいお菓子を作っても私がちゃんとしないと、お客様は買ってはくださらないし……」

「久美さん」

荘介が手で椅子を示して座るようにともう一度勧める。久美が座ると、荘介は優しく微笑んだ。

「ちょっとがんばりすぎてはいませんか？」

「そんなことないです」

久美はキッと唇を結ぶ。

「なにか困ったことがあったら、僕に話してください」

「大丈夫です」

久美の力のこもった目を見て、荘介はゆっくりと瞬きした。

「無理をしていませんか？」

「大丈夫です」

荘介にじっと見つめられて、久美はなぜか目をそらしたくてたまらなくなった。だが、自分を甘えさせてはいけない。荘介の負担になるわけにはいかない。

もっとがんばらなければ。荘介の役に立てる大人の女性であるために。そう思ってますます力を込めた目で荘介を見返した。

荘介は久美の瞳に押し負かされたかのように頭を引いた。

「わかりました。店舗のことは久美さんの管轄ですから、口は出しません。でも」

言葉を切って荘介はじっくりと考えている様子だった。

久美は自分と『お気に召すまま』の間にあるなにかを断ち切られてしまうのではないかと不安におびえた。

しかし、そんなことはなく、荘介は優しく微笑んだ。

「なにか話したいことがあったら、いつでも言ってくださいね。どんなことでも」

久美は深く頷いた。頷きはしたが荘介に甘えるわけにはいかない。

そう思うのに、今このときに話したいこと、話すべきことがあるのではないかという気もしていた。

わからない。久美はなにが店にとって良いことなのか、自分がどうしたいのか、荘介になにを伝えればいいのか、わからなくなっていた。

荘介と話してから、久美はぐいぐい押していく接客を改めた。と言うより、ショーケースの裏で小さく小さく縮こまってしまっていた。

自分の行動で『お気に召すまま』が、荘介のお菓子作りの力量が評価されてしまうのだと思うと、身動きが取れなくなった。

初めて出会う客にはそれが顕著で「いらっしゃいませ」という挨拶でさえ、なかなか口から出てこない。腹の底から気力を振り絞って、なんとか小声で呟くように発声することしかできなかった。

荘介は久美と目が合うたびに無言で「大丈夫か」と尋ねてくる。

久美は荘介が安心して店を任せてくれるような大人の女性であろうと、いつも黙ったまま頷いていた。本当は話したいことがいっぱいあるのに、頼ることはできないと胸の奥に押し込めていた。

「久美ちゃん、体調が悪いの？」

ある常連さんにはそう言われた。

「久美さん、元気ないわね」

ある常連さんにはそう言われた。

「久美ちゃんが元気よく『ありがとうございました』って言ってくれないと、この店で買い物したって気分にならないよ」

ある常連さんにはそう言われた。ありがたい限りであると同時に申し訳ない気持ちでいっぱいになる。

だが、久美は失敗を恐れて、まともに口を開くことができなかった。

伝えたい思いが胸の底に沈んでしまって、もう手が届かなくなっていた。


新規で来てくれる客は、だんだん減っていった。

それがすべて自分の責任のように思えて、久美は背中に冷水を浴び続けているような気持ちで毎日を過ごしている。

実際は口コミの効力が切れたのかもしれないし、噂話がひととおり終わって元の状態に落ち着いただけなのかもしれないのだが、そんなことは考えもつかなかった。

自分のせいだ。考えるのはそればかりだ。

自分は『お気に召すまま』のためにならない人間だ。自分がいたら客足が遠のく。新規顧客が定着しなかったのも自分のせい。

このままだと、きっと常連さんにも愛想をつかされてしまう。荘介にも呆れられてしまう。

そう思って愕然とした。仕事ができない人間が店にいる必要などないではないか。『お気に召すまま』に久美の居場所がなくなったら、もう荘介と会うことはなくなるのだろうか。自分が『お気に召すまま』にいられなくなったとしたら。

そんなことには耐えられない。

だけど、自分はこの店のためにはならないんだ。店舗を任せてもらうような、そんな責任を負える人間ではなかった……。

考えると胃が痛くなってはき気がした。背筋を寒気が駆け上った。

久美は厨房の方に目を向けた。冷たい壁が久美を見返している。

その壁で隔たれた、見えないあちら側に荘介がいるかどうかすら、久美にはわからない。荘介になにを伝えればいいのかわからない。

すぐそこにある厨房がはるかかなたにあるように感じた。

＊＊＊

和三盆糖《わさんぼん》を用意する。

目の細かいふるいにかけて、サラサラと流れるほど細かい状態にする。

霧吹きで溶けてしまわない程度に水を含ませる。

手で混ぜて、キュッという音がしてあらかた固まるくらいに水分を足していく。

もう一度ふるって粉に戻す。

上下二段を合わせた木型に、水分を含んだ和三盆糖を詰める。

ヘラで余分な砂糖をそぎ落とす。

上板を軽くたたいて取る。

下板を返して和三盆を型から外す。

人差し指と親指で作った大きさほどの円形に形成した和三盆に、飾り切り用の彫刻刀で模様を削り入れる。

中心に小さな円。その周りに八角形。

それらを囲う円。さらに周りに八角形。

和三盆が崩れないように繊細に、少しずつ、細心の注意を払って。

三重の円と八角形が描けたら一つ出来上がり。

同じ形の和三盆を五個作る。


マジパンで赤い薔薇《バラ》を作る。

熱湯の中に皮つきのアーモンドを入れる。

数秒で湯から上げ、熱いうちにつまむようにして薄皮を剝く。

皮をむいて冷めて乾いたアーモンドを粉に挽いて、砂糖を加えて粘りが出るまでよく混ぜる。

色粉を混ぜて赤く染める。

小さな薔薇のつぼみを作って円形の和三盆に添える。

細長い箱に五つの和三盆を並べて入れ、薔薇をのせる。

蓋をして青いリボンをかける。

荘介は、包み終えたお菓子の箱を両手で包んでじっと見つめた。青いリボンは信頼の証し。ともに歩んだ季節を超えて、今なお変わらぬ空の色だ。

届けたい思いをすべて込めたお菓子の包みを、調理台にそっと置いた。

＊＊＊

カランカランとドアベルを鳴らして戸田がやって来た。久美は思わず息を飲んで体を硬くした。

「どうも」

戸田に声をかけられて、やっと我に返った久美は「いらっしゃいませ」とかすれた声で言う。戸田は久美の弱々しい様子など知らない。たった一度しか見ていない女性の様子を覚えてはいない。

どんなときにも自分の意見を通して生きている人の強さを感じて、久美はますます委縮した。

戸田はショーケースを覗いて「フィンスターニスねえ」と声を漏らした。

久美の体がびくりと揺れた。やはり戸田は闇のお菓子の名前に納得していないのだ。

そしてそれは自分のせいだ。

久美はいたたまれなくなって目を伏せた。

「今日のおすすめはなにかある？」

心臓が跳ねた。どくどくと脈が速くなったのがわかる。

戸田はいぶかしげに久美を眺めている。なにか答えなければ。

けれど、自分がなにを言っても伝わらないのではないか。荘介のお菓子のすばらしさをわかってもらえないのではないだろうか。

「おすすめは……」

そこまで言って続く言葉が出てこない。

戸田は待っていることに飽きたようで、好きなようにショーケースを端から端まで見ていく。

「このアムリタってお菓子はなに？」

耳の奥がツンと痛くなるほど緊張した。説明しないと。

「それは……、オリジナルの商品で……」

「え？　なに？」

久美がなんとか絞りだした小さな声は、戸田の耳まで届かなかった。戸田は怪訝な表情で久美を見続けている。

もうだめだ。もうなにも思い浮かばない。

「いらっしゃいませ」

戸田がひょいと声がした方に顔を向ける。久美は荘介の声がしても顔を向けることができない。深く俯いてしまった。

「あんた、店長さん？」

「はい。村崎と申します」

「ああ、どうも」

戸田の声が明るくなった。久美は身動きがとれない。

「先日もらっていったお菓子が美味しかったもんだから、また食べたくなって」

「それはありがとうございます」

「このアムリタってお菓子が気になってるんだけど、どんなもの？」

久美の体がぎくりと硬くなる。自分が答えられなかった質問に、荘介は答えを返してしまう。自分がいる必要がないと思われてしまうかもしれない。

接客もきちんとこなすことができずに、荘介の手を煩わせてまで、この店にいる必要がないと自分でも思ってしまうくらいなのだから。

久美は動けなくなった。石になってしまったかと思うほど体が動かない。

ぎゅっと目をつぶった久美の耳に、やわらかな荘介の声が響く。

「よろしければ、召し上がってみてください」

久美は驚いて目を上げた。荘介は久美に代わってお菓子の味を説明しようとはしなかった。

戸田はお菓子が本当に好きなのだろう、嬉しそうに笑っている。

「え、いいの？」

「はい。ぜひ」

荘介はショーケースの裏に入ってくると、久美の肩にそっと手を置いた。見上げると、優しく微笑んでくれた。

「久美さん、アムリタをお客様に」

荘介は久美の肩をぽんと軽く叩いてから戸田をイートインスペースまで案内した。

久美は恐る恐るショーケースからアムリタを取りだす。

つい、荘介の方を見てしまう。荘介は笑顔で頷く。

トレイにアムリタをのせてイートインスペースに運ぶ。

そこにいる戸田に近づくと思うと緊張が増した。

手が震えそうだ。けれどこれが自分の仕事だ。ただ運ぶだけ、運んでテーブルに置くだけ。

自分自身に言い聞かせながら、足を前に進める。

見守っている荘介の前を通って、戸田の前にアムリタを置いた。緊張が解けない。

それどころか、ますます苦しくなっていく。

戸田はスプーンを取ってひと口分のゼリーを掬う。

どうしよう。説明をまた求められたら。それに、薄荷《はっか》を使っていることも白いボールが求肥だということも説明していない。もし好き嫌いがあって美味しくないなんて言われたら。

久美はトレイをぎゅっと抱きしめた。

緊張を押さえられなくて手が小さく震える。

戸田がつるりとゼリーを飲み込む。

「ほう、なかなかいいね。薄荷が懐かしい感じだ」

荘介が軽く頭を下げる。

「ありがとうございます」

戸田は久美を見上げて笑った。見慣れた笑顔だ。荘介のお菓子を食べた人がみんな浮かべる、満足した笑顔だ。久美がなにより見たいと思う表情だ。

「これ、買って帰ろうかな。三つくれる？」

「はい」

自然に声が出た。自然に笑えた。

ショーケースからアムリタを取りだす。

箱に入れていると、食べ終えた戸田がやって来た。

「アムリタってどういう意味？」

久美はぐっと歯を食いしばって気合を入れた。

顔を上げると戸田はにこやかに答えを待っていた。

正しい答えを。おかしいなんて言われないように、正しく答えないと。

目の端に荘介が見える。優しい笑顔で見守ってくれている。それだけで緊張がほぐれていく。

大丈夫だ。久美は思いだす。荘介がこのお菓子に込めた思いを知っている。

荘介のことを、荘介の気持ちを、誰よりも側にいて知っているのだ。

久美は笑顔で話しだした。

「アムリタ、甘露《かんろ》ともいうのですが、インドの神話で不老不死の妙薬と言われています。

中国では神羅万象すべてがととのっていると天から降ってくる、甘い雨だとも言うそうです」

「ほう、なんだかおめでたいものか」

そこで言葉を切って、戸田はショーケースの中のアムリタをじっと見つめる。

なにを言われても大丈夫。誰になんと言われようと、荘介のお菓子が世界で一番なのだと、自分は知っているから。

戸田は視線を上げると、にこっと久美に笑いかけた。

「美味しかったよ。堂々と宣伝した方がいいよ」

久美はあっけにとられて動きが止まってしまった。荘介が隣にやって来て、アムリタを入れた箱を閉じて紙袋に詰めてくれる。

久美は、はっとして戸田の会計を済ませた。

「じゃあ、ごちそうさま」

荘介と一緒にドアの外まで見送りに出る。

上機嫌で帰って行く戸田の背中を、久美は緊張が抜けきった、ぽけっとした表情で見送った。

「久美さん」

呼ばれて見上げると、荘介は優しく微笑んでいた。

「おやつにしませんか」

「おやつ？」

ドアを開けてもらい店内に入って、厨房に向かう荘介についていく。

荘介は調理台に置いてある、黒い箱を久美に渡した。

「プレゼントです」

久美は青いリボンのかかった箱を不思議そうに見つめて、荘介を見上げる。

荘介は黙って頷く。

リボンを解いて箱を開けた。

円形の和三盆が五つ。ころころと並んでいる。

それぞれに、マジパンでできた赤い薔薇のつぼみが添えてある。

「私がもらっていいんですか？」

「はい。久美さんのために作ったんです」

和三盆をつまんでしげしげと眺める。円と多角形の幾何学《きかがく》模様。

「これは、太陽ですか？」

「そうです」

「あの、こんな形の木型見たことないんですけど、どうやって……」

「無駄遣いはしてないですよ。手で彫りました」

繊細な和三盆に手彫りで模様を入れる手間を思う。自分が胸を張ってすばらしいと世界中に自慢して回りたい荘介の技術を思う。

五つ並んだ和三盆をじっと見つめて、久美はほうっとため息をついた。

「すごくきれい。お砂糖がキラキラ輝いて本当に太陽の光みたい」

太陽の上に薔薇のつぼみをのせる。

「太陽と薔薇のつぼみって、すごく明るい感じ」

「そうですね。相性がいいと思います」

久美はずっと波立っていた気持ちが静かにおさまっていくのを感じた。

「不安な夜が明けて、明るくなった庭園に出てきたみたいな」

荘介は優しく微笑む。

「久美さんが闇に飲まれて迷っても、朝が来ることを忘れないようにと願って作りました。僕ができることはお菓子を作ることだけだから」

「お菓子の名前はなんて言うんですか？」

「リヒト。ドイツ語で光です」

久美は目隠しが外れたように、急に辺りが明るくなったように感じた。見えなかったものが、くっきりと見える。

キラキラ光る和三盆糖と、しっとりしたマジパンの感触が面白くて久美は大切に太陽と薔薇のつぼみを撫でた。

「本当に私がもらっていいんですか？」

「はい。久美さんのためだけのお菓子です。僕にとって久美さんは、リヒトそのものだから」

荘介の笑顔が久美の背中を押してくれた。

不安や緊張や自嘲や、なんだかわからない暗い気持ちを越えて、久美が荘介のお菓子を大好きなのだということを思いださせてくれた。

口を大きく開けて太陽と薔薇を一緒に舌にのせる。

目をつぶってしっかりと味わう。

ひんやりした感触の和三盆がすうっと溶けていく。口の中いっぱいに優しい甘さが広がる。その甘さの中に薔薇のつぼみが残る。歯で噛むほどもなくとろけるほどのやわらかさだ。

「優しい味です。お砂糖じゃなくて光でできているみたいに溶けていきます」

目を開ける。荘介が久美を見つめていた。

「私、今まで自分で自分の目をふさいでいたような気がします。ずっと私の前には荘介さんのお菓子があったのに、なんで見ようとしなかったんだろう。荘介さんがいてくれたのに。私、ずっと迷子になっていたみたいです。闇を恐がって目を閉じて」

箱の中に四つ残った赤いつぼみを一つずつ撫でる。

「赤い薔薇のつぼみ。花言葉を知ってます、純粋な愛ですよね。私、荘介さんのお菓子が大好きです。それだけ。たったそれだけを知っています」

言葉が自然と湧きだしてくる。太陽の光をまとったようにキラキラ輝く、やわらかくて優しい言葉が。

それは久美の中から出てきたものなのに、なぜか荘介が持っている温かさと同じものを感じさせた。

自分が試食して述べた感想は、太陽でできた影だ。自分の言葉であって、自分の言葉ではない。光を受けて初めて見ることができる自分の影だったのだ。光があるからこそ見えるもの。

その影が今は透き通るように輝いている。暖かく照らされて全身を光に包まれ、久美は灰色だった影に隠れていた本当の気持ちを見つけた。

誰になにを言われようと自分は荘介のお菓子が大好きだ。

美味しいからという理由だけでなく、荘介がお菓子に込めるメッセージもすべてをひっくるめて好きなのだ。

この気持ちは誰にも覆せない。

もし荘介に否定されても、久美はすべてを受け入れる。

恐れる必要はない。

影に隠れる必要もない。

久美は光をもらったのだから。

「荘介さん、ありがとうございます。いつも私に光をくれて。私、荘介さんの光がないとなにも見えません。どこにも行けません。荘介さんが目指す光を、いつも一緒に見つめていたい」

胸の奥で大きく大きく育った真珠が、光を求めて貝の外にころんと転がりでた。繊細でやわらかな光沢を放つ真珠は、そっと扱わないと傷がついてしまう。

だけど大丈夫だ。胸の奥で真珠はまた生まれる。何度でも大きく育つ。ゆるやかな波に洗われているような、この店に守られて。

一粒一粒の真珠を集めて両手がいっぱいになっても、久美のために宝石箱を作ってくれる人がいる。久美の気持ちをしっかりと聞いてくれる人がいる。

この気持ちを確かに聞いてもらえるなら、たとえ拒まれたってかまわない。ただ聞いてほしい。どうしても今、伝えたい。

ぐっと顔を上げた。

温かな気持ちがあふれて、世界が眩しく見える。

真っ直ぐに荘介の目を見る。荘介に見つめられる。

「私、荘介さんが好きです」

荘介は俯いた。

硬い表情からは、なにを考えているのか読み取れない。

荘介が握っていた手をゆっくりと開く。

その手を伸ばして久美の手を取り、微笑む。

まるで久美のことを包み込む光のように。

「やっと、待っていた返事をもらえました」

「え？」

久美は、ぱちりと瞬きする。

「何度も言っていたでしょう。僕の隣にいてくださいって」

久美の口がぽかんと開いた。しばらくそのまま固まってしまう。

荘介が面白いものを見つけたというように、久美の表情を見つめている。

久美の目がくるりと動いて、口をぱくんと閉じた。しばらくふるふると小刻みに唇が動き、元気のいい声が飛びだした。

「あれって、そういう意味だったんですか！」

「はい。長い片思いでした」

久美は慌てて、きょろきょろと視線を動かした。

なにか言うべきなのに、いい言葉が思い浮かばない。さっきはあんなに簡単にいろいろなことを話せたのに。

なにかあるはず、いい言葉が。

なにか、荘介のためになるようなこと。

「あ、そうだ！　荘介さん」

呼んではみたが、まだなにも思いついていない。なにか話さなければ、なにか、なにか、なにか。

固まっている久美を荘介が不思議そうに見つめる。

「なんでしょう」

「薔薇の花！　花言葉は薔薇が何本あるかでも意味が違うって聞いたことがありますけど、五本はどういう意味なんですか？」

それ、今聞かなくてもいいでしょう！

久美は心の中で喚いたが、荘介は気にしていないようで楽しそうに答える。

「あなたに会えて本当に良かった。そういう意味だよ」

久美は今度こそ、本当に動けなくなった。

ぱっちりと開いた目にじわりと大粒の涙が浮かんできた。

荘介の大きな手が久美の両手を包み込む。

大きな手が久美を温めてくれる。

荘介は久美に、いつも一番欲しい言葉をくれる。

「僕の隣にずっといてくれますか？」

久美は勢いよく深々と頭を下げた。

「よろしくお願いします！」

一瞬の間のあとに、荘介がくすくすと笑いだした。

「久美さんが面接に来たときのようだね。またそこから始めますか？」

顔を上げた久美は生真面目な、それこそ面接を受けているかのような、緊張しているようにさえ見える表情で答えた。

「はい。もう一度、そこから。だって、私きっと荘介さんのこと、初めて会ったときから好きでした」

そっと手を引かれたと思うと、荘介の胸に抱きしめられた。温かくて優しくて懐かしくて甘い香りがして。

久美が大好きな『お気に召すまま』は、荘介そのものなのだとやっとわかった。

久美は幼い頃からここに、荘介の腕の中に包まれることをずっと夢見続けてきたのだ。


カランカランとドアベルが鳴った。

久美は荘介の腕の中から、するりと抜けだす。

「荘介さん。『お気に召すまま』を世界一のお菓子屋さんにしましょうね！」

明るい笑顔の久美に、荘介は頷いてみせる。

「僕たちだけのお菓子をいっぱい作ろう」

久美は元気に店舗に出ていった。

荘介は新しいお菓子の制作のために、レシピノートを開いた。

ノートのページは、もうすべて埋まっている。
どのお菓子も思い入れがある大切なものだ。
久美と二人で築き上げてきた、かけがえのないもの。
『万国菓子舗　お気に召すまま』というかけがえのないもの。
そっとページを閉じて、大切にしまう。
たくさんのノートがこの店の歴史を作ってきた。
これからも、もっと増え続ける。
そのページを久美とともに埋めていこう。
荘介は新しいノートを取りだして、真っ白なページに最初の一文字を書き込んだ。

【特別編】お菓子タワーから飛びたって

誕生日のケーキは毎年、この店で買うと決めている。久美が幼稚園のときから変わらない習慣だ。

誕生日だけではなく、クリスマスも、両親の結婚記念日も、父の日や母の日のお祝いデザートだって、この店で買う。

誰かへの手土産や、ちょっと豪華なおやつが欲しいときにだって買う。

『お気に召すまま』という名のこの店は、ドイツ人のおじいさんとその孫の男の子、二人でやっていた。

男の子といっても、その人は久美よりずっと年上だ。

幼稚園に通っている頃に初めて出会った、当時中学生だった男の子は久美にはすごく大人に見えたものだ。それはもしかしたら、日本人離れした美しい顔立ちのせいでもあったのかもしれない。

久美が中学三年になった今、男の子は既に成人している。

背もぐうんと伸びて、立派な大人だ。おじいさんが亡くなったあと、一人でお店を継いでいた。

おかげで久美は今年も、『お気に召すまま』のケーキを買うことができる。感謝、感謝、と手を合わせたいほどの気持ちだった。

ぴかぴかに磨かれた窓から店内を覗いてみると、いつものとおり、その男の人、荘介が店番をしていた。ショーケースにもたれて頬杖をついて、ぼーっとしている。お客さんがいなくてヒマそうだ。

久美はぎゅうっとこぶしを握り締める。

ここ数日の間、ずっと考え込んでいた計画を実行すべく、意を決して真鍮《しんちゅう》製のドアノブを握った。


「いらっしゃいませ」

カランカランと鳴るドアベルの音を聞いた荘介が、優しい笑顔で振り返る。久美は緊張した面持ちで「こんにちは」と挨拶をしてショーケースに近づいた。

ショーケースの中には色とりどりのお菓子が並んでいる。じっと見ているだけで幸せになれる。

久美は端から端まで丹念に一つずつ見ていった。

ドイツ菓子の専門店なので、どれもドイツ語の名前だが、それぞれに説明書きがあるので内容はよくわかる。

本当は説明書きなんか読まなくても、通いなれたこの店の商品のことを、久美はよく知りぬいている。なんなら、全メニューを暗誦することだってできる。

季節の変わり種のケーキも、クリスマス限定のお菓子も、なんでも知っている。

それでも、しっかり復習するかのように、一つ一つネームプレートをじいっと読んでいく。

すべてが、今、このときにかかっているのだ。

「荘介さん」

ショーケースの端までひととおり見渡して終点に辿りついた久美は、そうっと顔を上げて泣きそうな目で荘介を見つめた。

「おすすめのお菓子って、どれですか？」

荘介は「そうだねえ」と言って腕組みして考える。

「今日は新鮮な桜桃《おうとう》を使ったシュヴァルツヴェルダー・キルシュトルテか、モーンシュニッテか。ああ、でもモーンシュニッテは全部カットしちゃったか。ホールじゃないから、お誕生日には向かないかな」

久美は驚いて目を瞠った。

「どうして誕生日ケーキだってわかったんですか！」

「毎年、うちで買ってくれるからね、ちゃんと覚えてるよ。久美ちゃん、今日で十五歳だね。おめでとう」

感動で久美の頬がピンクに染まった。目も潤んでいる。

やっぱり、この店は最高だ！　荘介さんは最高だ！

「ありがとう」

ぺこりと頭を下げて、うっすら浮かんだ涙を手でぐしぐしとぬぐってから、久美は決意みなぎる表情を浮かべた。

「今日は、ただの誕生日ケーキじゃないんです。特別なの」

「特別。なにかいいことでも重なったの？」

久美は、ずっしりと重たい岩を背中に背負ってでもいるかのように苦しげな顔をして俯いた。

「違うの、逆。しばらく、このお店のお菓子を食べられなくなるから」

「それはまた、どうして」

荘介はショーケースにのりだすようにして話を聞く。

「私、今年受験なんです。今の成績だと、行きたい高校がちょっと難しそうで。だから、お菓子断ちすることにしたんです」

「なるほど、願掛けなんだね」

「今日を最後にして、合格するまではお菓子を食べないんです」

ぎゅっと両こぶしを握って宣言する久美は、ばかなことをすると呆れられるか、薄情な常連だと嫌がられるのではないかと思っていたのだが、荘介は嬉しそうな笑顔を向けてくれた。

「そんな大事な意味のあるお菓子に、うちを選んでくれてありがとう」

笑ってくれて、「ありがとう」とまで言ってくれた。

本当に、このお店に出会えてよかったと久美は心から思う。

「だって、だってね。私『お気に召すまま』のお菓子が世界で一番好きだから」

嬉しそうだった荘介の表情が、今までに見たことがないほどの、輝くようなものに変わる。

「よし。それじゃあ、とっておきのケーキにしよう」

「とっておき？」

首をかしげた久美に、荘介は大きく手を広げてみせた。

「好きなお菓子を片っ端から言ってみて」

久美はショーケースに目を戻して「えっと」と考えながら口を開いた。

「シュヴァルツヴェルダー・キルシュトルテも、モーンシュニッテも好きでしょ。それから、ケーゼクーヘンも好きでしょ、フランクフルタークランツも。それから」

ちょこちょこと焼き菓子の棚の前に移動する。

「キプフェルもレープクーヘンもシュペクラツィウスも好き。もう、このお店のお菓子は、なんでも好き！」

荘介は宝物を見るような視線で久美を見つめる。

「全部、詰めよう」

「え？」

「君が好きなものを、全部詰め込んだお菓子タワーを作ろう。お菓子を食べられない間の分を先取りしよう」

お菓子タワーを想像して久美は震えるほど感激した。

感激のあまり、よろりとよろけて壁に手をつく。荘介が楽しそうに見守っている。

久美はかすれた声で、そっと尋ねた。

「本当に、そんなことできるんですか？」

「うん。任せて」

　荘介はショーケースからフランクフルタークランツというバタークリームの白いお菓子と、ケーゼクーヘンという薄い卵色のチーズケーキを取りだして厨房に運ぶ。同じように、シュヴァルツヴェルダー・キルシュトルテという真っ赤な桜桃を飾ったチョコレートケーキと、モーンシュニッテという芥子の実とシナモンの硬いケーキをショーケースから厨房へと運ぶ。

　荘介に手招かれて厨房に移動した久美は、ぐるりと厨房内を見回した。おじいさんがまだ店にいた頃、近所の子どもたちと一緒にかき氷を作らせてもらったことがあるが、そのときとちっとも変わっていない。

　水色のタイルの壁はピカピカ輝いて、天板が大理石でできた調理台はどっしりとしている。磨き込まれて飴色になった戸棚、お菓子職人ならではの徹底的な手洗いの方法を教えてもらった洗面台。なにもかもが懐かしかった。

　久美がぼうっとしている間に、荘介は焼き菓子も店舗からたくさん抱えてきた。

「じゃあ、始めようか」

荘介が楽しそうに言う。久美はつられて笑顔になり、大きく頷いた。

調理台にのせたフランクフルタークランツとケーゼクーヘンを、それぞれ三角のピースにカットする。

白、黄色と交互に合わせていって、円形に並べた。

それは、縞模様のホールケーキのようにも見えるのだが、白い部分と黄色の部分で高さが違う。

背の低い方、どっしりとして硬いケーゼクーヘンの上に、シュヴァルツヴェルダー・キルシュトルテと、モーンシュニッテを、高さを揃えるために四角くカットしたものを柱のように立てる。

キプフェルという三日月形のクッキー、レープクーヘンというハートや星などさまざまな形のビスケット、シュペクラーツィウスは薄焼きクッキー。

それらをリボンでつないでケーキの柱に飾りつける。

柱の上にはチョコレート細工を飾る。人形、花、犬、もろもろのチョコレートが賑やかに並ぶ。大きくなったお菓子タワーに蠟燭を十五本。

タワーというより、尖塔が何本も立ったヨーロッパのお城のようにも見える。

視線をそらすことができない久美の瞳が、キラキラと輝く。

　荘介は久美の隣にやって来てしゃがんで見た。久美の目線に合わせてお菓子タワーの出来栄えを確かめる。

　うん、と大きく頷いて、久美の顔を覗き込む。

「どう？」

「すっごいです！　夢みたい。荘介さん、ありがとう！」

　興奮した久美は両手をぶんぶんと振りまわして感激をあらわにする。荘介は久美の頭を撫でてやった。

　久美はくすぐったそうに目を細めた。


　大きな箱にお菓子タワーを入れてもらい、久美は店を出た。

　見送りに出た荘介に元気に手を振る。

「合格したらまた来ます！」

「うん。待ってるよ、久美ちゃん」

　久美はこれで合格間違いなし！と気合を入れて家に帰った。

　家で開けてみると、お菓子タワーは店で見たときよりずいぶんと大きく思えてものすごい迫力だったが、その大きさのわりには、家族で分けるとあっという間に小さくなってしまった。

母は誰よりも早くごっそりと皿に盛り、父はチョコレートを片っ端から口に入れていく。久美は取り負けないように、皿にも取らずに、お菓子タワーに直接フォークをつき刺した。

だが、それほどがっつく必要はなかったようで、父も母もあっという間に満腹になりギブアップしてしまった。

久美は崩れ落ちそうになっているタワーを攻略すべく、フォークを閃かせた。

ケーキを食べながら、もし高校に合格できなかったら、と思う。

高校に行けなくなる不安以上に『お気に召すまま』に行けないことが怖くなった。

もしかしたら、これが生涯で最後の『お気に召すまま』のお菓子になるかもしれないと思って、久美はもりもりとケーキを食べた。

人生にこれ以上、ケーキは必要ないと思うほどに食べたつもりだった。

だが、食べ終わるとどうしても、また食べたくなって、受験は絶対に失敗できないと気合を入れなおした。

「ごちそうさまでした！」

両手をパン！と合わせて勢いよく立ち上がって部屋に戻り、机に向かった。

＊＊＊

季節はあっという間に巡り、久美は中学校を卒業した。

離れ離れになる友達と抱きあって泣いて、目を真っ赤に腫らした。

卒業式のあとに好きな子に告白するという友達につき添った。

部活の後輩から花束をもらった。

中学校生活になにも悔いは残っていないと言いきれるくらい充実した毎日だった。

いや、一つだけ悔いはある。身長があまり伸びなかったことだ。

卒業式のあとで撮ったクラスの集合写真の中、久美一人だけ、がくんと背が低い。

高校生になったら絶対大きくなってやるんだから。唇を尖らせて、中学生時代のアルバムの一番後ろのページに記念写真を貼りつけた。

制服も処分してしまって、あとは高校の合格発表を待つばかり。

緊張する毎日が待っているかと思っていたが、なんだか気が抜けて毎日ごろごろして過ごしている。

受験前に何度も手を出しそうになったために両親の部屋に預かってもらっていた漫画を、全冊、自分の部屋に持ち帰った。

愛おしさに頬ずりしてから、片っ端から読んだ。連日、夜中まで読んで朝寝坊ばかりしていた。


その日も寝坊して昼まで寝ていた。

「久美、まだ行かないの？」

ノックもなしに部屋に入ってきた母にお尻を叩かれた。

「いったあ。なに？　行くって、どこへ？」

「まあ、この子ったら。呆れた。どこって、高校でしょ。行かないつもり？　今日は合格発表でしょ。合格か不合格かわからないまま、イチかバチかで入学式に行ってみるつもり？　それで『あなたは新入学生名簿にはのっていませんが』って言われるつもり？

それで慌てて事務室に走って……」

「わかった。わかりました。すぐ行きます！」

母の背中を押して部屋から追いだし、のんびり着替えて家を出る。

受験した高校までぶらぶら歩き、掲示板の合格者番号の中に自分の番号を見つけても「あ、受かってるや」という感想だった。

家に「受かった」と簡単に連絡を入れて、さて帰ろうとしたとき、ファミリーレストランが目に入った。春のイチゴスイーツフェアののぼりが立っている。

ふっ、と腹の底から喜びが湧いてきた。

ふつふつと湧きだす温かな感情が体中を巡って顔までやって来て、知らず知らず頬がゆるんだ。そわそわそわそわする。

どうしてこんなに嬉しくなるんだろうってくらい、嬉しくてしょうがない。

もう、どうにもこうにもしょうがなくなって、耐えきれなくて、両手を天に高くつき上げた。

「お菓子が買えるー！　『お気に召すまま』に行くぞー！」

道行く人の驚きにも気づかず、久美は全力で駆けだした。

店の前まで走ってきて、そのままの勢いでドアを開けようとした久美の手が、ふと止まった。なにか違和感がある。

静かに三歩下がって店を観察してみる。
ドアも、窓も、変わりはない。今日も磨かれて、ぴかぴかに輝いている。
ふっと、ドアの脇に置いてある小さな看板に目が留まった。
なにかが変だ。
『万国菓子舗　お気に召すまま』
そう書いてある。
なんだ、それ。『万国菓子舗』？
そんな名前、聞いたことがない。
もしかして、お店が変わっちゃったんだろうか？
恐々と窓から中を覗いてみる。店内に人がいない。
ショーケースの中身も、なんだか違う。
まさか、閉店した？
荘介さんは？
泣きそうな気持ちで動けずにいると、店の奥から荘介が出てきた。
いた！
大急ぎでドアを開けて店内に駆け込んだ。

「荘介さん！」

呼びかける前から荘介は久美に笑顔を向けていた。

「合格、おめでとう」

「え！　どうして合格だってわかったんですか？　まだなにも言ってないのに」

荘介は優しく微笑む。

「君が輝いているからね」

久美は自分の顔をぺたぺたと触ってみた。とくに変わった感触はしない。

「いつもと変わらないと思う」

「全然違うよ。小さい頃から知っているけど、大人になったね」

久美は面映ゆくて身をよじる。

「まだまだ子どもです」

くすくすと荘介は笑う。

「さあ、合格のお祝いにお菓子はいかがですか、久美さん」

「もちろん、たーっぷり、いただきます！」

小さい頃から、この店で働くことが夢だった。その夢のために、これから商業学科のある高校に通う。

荘介の、『お気に召すまま』の味を守るために、お菓子作り以外のすべての補助をするのが、自分が目指すべき道だと決めていた。

その夢を叶えるためには、どんなことでもしよう。全力をつくそう。

久美はそう心に誓った。

だけど、お菓子断ちの願掛けだけは二度としないぞ、ということも、きつく自分に言い聞かせて。

あとがき

『万国菓子舗　お気に召すまま』の六冊目の本になります。

荘介たちは大騒動もありながら今日も元気に働いています。

この本を見つけてくださって、手に取ってくださって本当にありがとうございます。

いくつかお菓子をご用意いたしましたが、お口にあうものはありましたでしょうか。


今作で名前が出てくる「アンドゥイユのガレット」。牛モツの臭いが苦手でなければ、これほどお酒に合うガレットは他にない！とぜひにもおすすめしたい一品です。

残念ながら荘介の料理の腕の問題で『お気に召すまま』ではメニューに出ることはありません。試作さえ、久美が必死で阻むことでしょう。

もしもどこかでガレットを召し上がるときに「そういえば誰かがモツ臭いガレットがあると言ってたな……」なんて思い出していただけたら嬉しいです。

そのときはシードルではなく赤ワインを合わせる方が食べやすいのではと思います。

さて。『お気に召すまま』の厨房は先代の頃から基本的には変わっていないのですがいくつか新規参入しているものもあります。

その中でもっとも新しい備品は電子レンジ。冬には底冷えする厨房で、震えながら冷たいお弁当を食べていた久美のために荘介が購入しました。

久美が経理を始めてから最初に帳簿に「福利厚生費」として計上したものです。電子レンジは久美にとって深い感慨を覚えるものなのです。

でも久美が外食派になってしまった最近では活躍する機会が減って、ちょっとかわいそうなヤツだったりします。不憫に思った荘介が、もっとレンジを使ってやる日がくるかもしれませんが。

自分で買うお菓子も美味しいですが、いただいたお菓子の美味しさは格別なように思います。職場で貰った一粒の飴。旅行のお土産。買ってもらったバースデーケーキ。『お気に召すまま』にはそんな優しい心を伝えるお菓子もたくさんあります。先代からの定番のお菓子も、いつかもっとご賞味いただきたいです。そしてもちろん。

今日も新しいお菓子を準備して、あなたのご来店を心よりお待ちしております。

この物語はフィクションです。
実在の人物、団体等とは一切関係がありません。
本作は、書き下ろしです。

溝口智子先生へのファンレターの宛先

〒101-0003　東京都千代田区一ツ橋2-6-3　一ツ橋ビル2F
マイナビ出版　ファン文庫編集部
「溝口智子先生」係

ファン文庫

万国菓子舗　お気に召すまま
秘めた真珠と闇を照らす光の砂糖菓子

2018年9月20日　初版第1刷発行

著　者　溝口智子
発行者　滝口直樹
編集　岩井浩之（株式会社マイナビ出版）　鈴木希
発行所　株式会社マイナビ出版
〒101-0003　東京都千代田区一ツ橋二丁目6番3号　一ツ橋ビル2F
TEL 0480-38-6872（注文専用ダイヤル）
TEL 03-3556-2731（販売部）
TEL 03-3556-2735（編集部）
URL http://book.mynavi.jp/

イラスト　げみ
装　幀　徳重甫＋ベイブリッジ・スタジオ
フォーマット　ベイブリッジ・スタジオ
DTP　株式会社エストール
印刷・製本　図書印刷株式会社

ISBN978-4-8399-6721-5
Printed in Japan

ファン文庫

リケジョの法則

著者／那識あきら
イラスト／hiko

27歳、恋愛経験ゼロ。でも、その男運のなさは、大魔王の呪いだった…？

27歳にして恋愛経験ゼロの川村理奈。
ある仕事をきっかけに、高校の同級生と再会し…
港町・神戸を舞台にしたお仕事小説。